福沢諭吉の事件簿

III

鷲田小彌太

言視舎

目次

福沢諭吉の事件簿Ⅲ

事件簿13　帝国憲法に脱帽するの巻

明治二十四年（1891）弥生三月の一夕、諭吉は三田の自宅に小幡篤治郎（1842〜）、矢野文雄（1851〜）の二人を呼んだ。

まだ桜はかたい蕾《つぼみ》のままだ。

小幡と矢野には、「憲法発布と国会開設」が議題であるとあらかじめ指定されていた。また参考資料として時事新報に連載された社説「日本国会縁起」を一読してきて欲しい、という要望が添えられていた。

私室にはいつものように由吉（1846〜）が戸口に端座している。まだ寒さが残る夕刻で、膳には燗酒もついており、話は長くなりそうだ、と由吉には思われた。

1　憲法を小幡と矢野に聞く

「一昨年、皇室典範と憲法が欽定・発布され、国会が開かれた。これを受けて、昨年、民会すなわち衆議院議員選挙がはじめておこなわれた。そこでまず議論してほしいのは、帝国憲法の内容いかんだ。

ただし典範も憲法も勅語であるから、発言は自由であることが好ましいが、ここでの議論内容は厳に密を要する。まずは心得てほしい。」

諭吉は、前にある酒には手を伸ばさず、いつものようなざっくばらんな調子とはいささかことなるテンポで、話題にまっすぐ入っていく。

小幡は諭吉と同じ中津藩出身で、藩校進脩館の教授の地位を約束されていた俊英だったが、二十三歳のとき、諭吉の強いすすめで上京し、義塾が私塾として開校してからは長く塾頭を務めきた、諭吉が物心ともにもっとも信頼をおく側近であり、前年、大学部を創設した義塾の塾長（学長・理事長）となった、文字通り諭吉を次ぐナンバー2だ。

矢野は明治六年（1873）、二十三歳で義塾を卒業して同校の教壇に立った英才で、英米政治制度とりわけ憲法を考究し、一時新聞界にそして官界に身を置いたものの、十四年政変で大蔵省を追われ、諭吉「盟友」で元参議筆頭大隈重信の頭脳として政界とジャーナリズム界の第一線で活躍してきたが、明治二十一年（1888）引退を表明するも、国会開設とともに宮内省にみずからすすんで入った偉才である。

ともに諭吉子飼で、自他共に認める義塾閥《スクール》のブレイン、中心メンバーであった。

「二人に来てもらったのは、君らがかつて交詢社が発表した私擬憲法案の中心メンバーだった、とくに矢野君は実質上の起草者でもあったからだ。くわえて参議大隈公が奏上した立憲政体に関する意見書は矢野君の手になるといわれているね。

まず聞きたいのは、憲法の第一印象だ。」

小幡にうながされ、矢野がまず口を開いた。この人、龍渓という号をもつ文人でもある。

「欽定憲法は、わたしたちが起草した私擬案などとは比較にならない、想像していたものを遙かに超えた、他国の憲法と比較したとしても、非の打ちどころのないものといってもいいのではないでしょうか。」

諭吉はすこしも驚く気配を見せずに質す。

「とくにどこがいいというのか。」

「まず欽定ということでしょう。」

「そこか。たしかに国会をまず開設し、そこで衆知を集めて議論し、成案をえて、決定するという、私擬案がめざした決定方式とは明らかにちがうね。」

「ただしご存じのように私擬案でも、欽定憲法をこそ想定していました。すなわち、天皇陛下の命のもとに国会を開設し、そこで各案を持ち寄り、深く討議し、細部の条規まで決める。そしてそれを陛下が裁可・認定するという方式です。これも立派な欽定でしょう。

対して発布された憲法は、陛下の召命によって伊藤公が起草し、それを枢密院で審議して、陛下に奏上・裁可をえるという意味の欽定です。こちらはまったく国会抜きです。明らかに異なる点です。」

小幡がすぐにつけくわえる。

「重要なのは、枢密院で審議し同意をえたことでしょうね。

つまり枢密院の決はじつに薩長土肥を中心とする藩閥政権の同意を経たということを意味します。枢密院議長伊藤博文（長）、副議長寺島宗則（薩）および顧問官はみな維新藩閥政府の重鎮からなり、ときに国会（貴族院と衆議院）を越える権限をもつ、陛下と内閣の最高諮問機関なのです。欽定中の欽定たる所以《ゆえん》で、だれもこの決に非を唱えることは困難といっていいのです。

矢野君が〈非の打ちどころがない〉といった一半の理由かと思われます。」

「では君たちは私擬憲法を否定するのだね？」

こう諭吉が問いかける。

小幡も矢野も悪ぶれた気色も見せず、頷いた。矢野がいう。

「わたしたちの私擬案すなわち個人的な試案は、先生の『文明論之概略』等を下敷きにしたもので、いわば福沢私案というべきものです。これは遁辞ではありません。起草メンバーもみなそう考えていました。もちろん、先生に〈是〉という言葉を聞きたいわけではありませんが。むしろこの際にぜひとも先生からお聞きかせ願いたいのは、帝国憲法本体に対する先生ご自身の率直な感想、できれば是非です。」

諭吉は弟子たちとの議論でもつねに率直を旨としている。このときはとくにそうだった。

「いや、もう、脱帽だったね。伊藤君がここまでやるとは、正しくは、やれるとは思ってもみなかった。積年の恨みが晴れるとはこのことだった。人を見る目が非力なること、おのれに対する失望よりもむしろ公に対する羨望感を懐かせるに十分な成文であったね。」

諭吉はつねづね伊藤公のことをさしてイトウをなまって「イテコウ」、さらになまって「エテコウ」と称してきた。いい感情を懐きかねたのだ。

勢いづいたかのように、矢野が手にした一枚の写しを開いていう。諭吉から、憲法について意見を聞きたいという伝言が届いていたので、準備したものだ。

「内容上とくに重要なのは、第一章天皇で、

第1条　大日本帝国ハ万世一系ノ天皇之ヲ統治ス

第2条　皇位ハ皇室典範ノ定ムル所ニ依リ皇男子孫之ヲ継承ス

第3条　天皇ハ神聖ニシテ侵スヘカラス
第4条　天皇ハ国ノ元首ニシテ統治権ヲ総攬シ此ノ憲法ノ条規ニ依リ之ヲ行フ
これです。私擬案の〈君権〉とは違って、簡にして要をえています。とくに第1と4条が秀逸かと思えます。」

「どの点において秀逸なのか?」

諭吉が質《ただ》し、矢野が答える。

「〈万世一系〉、これは歴史的事実にふさわしいわけではありません。人の世に〈万世一系〉などという類のものはありえません。いうならば創作の類ですね。

ですが日本の過去から現在にまで続く国体つまるところ政体とは、皇統を絶えることなく保ってきたことであり、支那や英仏をはじめとする西欧諸国にも類がないこと、紛れもない事実です。

これこそが日本歴史伝統の特質というべきもので、日本の憲法すなわち『国体《コンスティチューション》』(憲法constitution)であり、日本と日本人の体質(identity)と呼びうるものです。

この観点は、先生の文明論之概略では見ることができません。

そして第4条です。〈天皇は統治権ヲ総攬シ〉とありますが、天皇主権をさします。では天皇独裁制を意味するのでしょうか。まったくもって否です。

天皇はあくまでも憲法の〈条規〉に従って〈総攬〉するのであり、第55条の〈国務各大臣ハ天皇ヲ輔弼シ其ノ責ニ任ス〉とあるように、あくまでも〈総攬〉するのであって、統治権は内閣すなわち行政府の責任において行使されるので、その他ではありません。

だからこそ〈天皇ハ神聖ニシテ侵スヘカラス〉ということができるわけです。つまり天皇と皇室は、先生が主張するように、〈民心収攬の中心〉であって〈政治社外の存在〉ということができると思えます。

論理が複雑そうに見えますが、わたしには、すっと通ります。」

小幡がゆったりした調子でこうつけ加えた。この人つねに慌てない。

「事実は、天皇もまた憲法内存在であるということですね。

もっとも先ほど矢野もわたしも、私擬案を否定するといいましたが、あくまでも帝国憲法と比較すればという観点からで、私擬案を無用の長物と断じたいからではありません。ましてや先生の概略を揶揄したり否定してのことではありません。

むしろ、憲法起草者伊藤公がわたしたちの案を、理解し、暗に取り込んでいることは明らかです。この意味でも、先生が現憲法に脱帽したという意見に同意できます。

世界に類例のない皇室伝統の国である日本がはじめて立憲体制を敷いたのです。イギリスやフランスに倣う必要はありますが、それらを下敷きにはできない、当然の理です。」

矢野が小幡の言を引き継いで述べる。

「私擬案は、第一章皇権、第二章内閣、第三章元老院、第四章国会院、第五章裁判、第六章民権、第七章憲法改正という構成、

対して憲法は、第一章天皇、第二章臣民権利義務、第三章帝国議会、第四章国務大臣及枢密顧問、第五章司法、第六章会計、第七章補則（憲法改正）で、内容上もっとも異なるのは、先生もお気づきのように、一、私擬案に民権すなわち国民の権利があって義務、兵役と納税の義務がないことです。だがこれは明らかな欠落でしょう。国民の権利と義務とは表裏一体のものです。この欠落にこそ、私擬案が急進的民権派の作文とみなされるもとになった大きな原因でしょう。

二、構成ならびに機関名称に異同がありますが、憲法構成の天皇、臣民、議会、内閣、裁判所、会計という並びのほうがすっきりしています。つけ加えますと、私擬案には会計章がありませんが、会計すなわち財政は内閣＝大蔵省に属するという考えも成り立ちますね。

三、憲法は国会を二院制、貴族院と衆議院からなるとしています。対して私擬案は元老院すなわち貴族院と国会院すなわち衆議院を独立分離しています。帝国議会すなわち二院からなる国会のほうがすっきりしていることはたしかです。

とくに、三権（国会・内閣・司法）分立という観点から見てもそうです。ただし私擬案は、十三年十月にでた「国会開設の勅諭」をあらかじめおりこんだ憲法私案だったということを示す形になりました。国会とりわけ衆議院すなわち民会設立を第一の目的としたということと密に関係します。だから元老院と国会院を区別し、かつその条規とくに選挙法が具体的で詳しいものになった理由です。」

矢野がさらに深掘りを試みた。諭吉はずっと聞き役に回っている。

「ただし現憲法にも問題点がないわけじゃありません。最大のものは、国務大臣があって内閣総理大臣の規定が欠けていることです。すでに伊藤公からはじまる、国務大臣を統括する内閣総理大臣が厳に存在しているのですから、これはミスといえます。わたしたちの案では、首相という名で総理大臣を置いています。ただし組閣する権利と義務がある首班ではなく、各大臣の代表者あるいは議長であり、かつての参議トップとおなじ地位を占めると考えてのことです。

したがって総理大臣すなわち首相は、議長役ということで、憲法と私擬草案で齟齬がないと考えていいのではないでしょうか?」

諭吉がそのとおりというように大きく頷いた。

「伊藤は、まず憲法起草の勅命を受け、初代内閣総理大臣として憲法草案を起し、それを枢密院でその議長として審議・決定し、最終案を天皇に上奏して裁可をうるという、足かけ十年におよぶ長距離ランナー役を演じた。

ところが私擬案は、明治十四年（１８８１）当時の政局、つまり国会開設と立憲民主制の導入、とりわけ民権拡張を最大目標に編まれたものだった。いうならば短距離走なのだ。十年前の政治状況すなわち政局に左右されたものだと理解すべきだ。だから、君たちの、というかわたしを含めた交詢社私擬案の不備をいまさらあげつらっても仕方ない。

とくに、当時この案をもって大隈君の憲法案を急進主義だ、といって伊藤君が批判・否定したのは、いまもってためにする議論で、大隈君を参議から放逐する目的をもってなされた、岩倉卿や伊藤君の政治策術だったことはいうまでもなく明らかだ。

でもまあ、矢野君自身が大隈君の案を書いた当人だったのだし、私擬案は福沢案だとみなされたのだから、伊藤君の大隈案批判は十四年政変の角逐が引き起こしたもので、避けられない性質のものだった、といまなら冷静に判断できる。

それに十年を経た今となっては、当時のどちらの選択が正しかったかは、火を見るよりも明らかではないか。脱帽せざるをえないというわけだ。」

端座して聞いていた由吉には、この議論の率直さにこそ驚かされる。

その驚きには

一つは、現憲法が、諭吉とその弟子たちを、予想を超えて満足させる内容だったということだ。

二つは、そのために足かけ十年の歳月を必要としたということで、十四年の政変で伊藤から背負い投げを食らった諭吉と義塾閥の、藩閥政治に対する怨念のなかばがようやく氷解したのではということでもあった。由吉もまた胸のつかえの一つがおりた一人だった。

2　国会を開設して、憲法を決めるって⁉

諭吉が立ち上がって膝を屈伸し、座り直す。

仕切り直しての問いから、あきらかに調子が変わっていた。

「なぜ、十四年当時、伊藤君等が私擬案や大隈案をあんなにも激しく急進的だと批判し、大隈君をさらには義塾派を無慈悲にも政治抹殺するに等しいところまで追い込んだのか、という理由を明らかにすべきと思うが、どうだろう。」

小幡と矢野は多少鼻白んだように見えた。そんなことは過去のことで、もう水に流れ去っているとでもいいたげだ。

二人はそろって銚子をとりあげ、盃に残っていた酒を飲み干し、それをふたたび満たしたが、飲みはしない。銚子を再びおいて、口をひらくまでには、間があった。

まず口を開いたのは小幡である。

「敵は本能寺にありということでしょうか？」

諭吉が曖昧に頷く。小幡が反問するようにいう。

「伊藤公等が私擬案等にあれほど激しく攻撃の矢を放ったのは、案の内容そのものに対してではなかったと思えます。」

諭吉は表情を変えずに、問う。

「その通り、すでに二人が検証したようにだ。私擬案と憲法のあいだには、洗練度は違うが、越えられない内容上の溝はないということだったではないか。

では伊藤や岩倉卿が私擬憲法案を猛烈に批判し、われわれを完膚なきまで政治的に打ちのめした本当の理由とは何だったのか？」

「国会開設の早期実現に反対ではなかったはずです。すでに十四年、国会を二十三年に開設するという勅諭がでたからです。この勅諭を覆すのは、当時も現在も、政体の変化がないかぎり、不可能ですし。」

こう小幡が念を押した。

矢野が口を開く。

「二つあったと思えます。

一つは、維新の三傑、西郷・大久保・木戸亡きあとだれが政権の舵取りをするかという問題です。先生が指摘されたように、国会の早期開設を主張する民権派と命脈を通じていた大隈参議トップを閣外にほうり出し、伊藤参議がトップの座にすわるという政治野望を達成するためです。

二つは、民権派を漸次潰していき、枢密院顧問官におさまる藩閥の重鎮たちによる政治、いみじくも黒田首相が憲法発布の翌日、各地方長官を鹿鳴館に招いて演説したときに用いた語句、〈超然内閣〉、正しくは〈超然として政党の外に立つ〉政府を作るためです。」

「しかし十四年から今日まで政局の動きをつぶさに見ると、その政局をずっと動かしてきた人物に突き当たらないか？」

「明らかに伊藤公です。」

小幡が即答した。ここにきて諭吉は慎重に言葉を選んでいるさまが由吉によくよく伝わってくる。

「そうだ。そうに違いないではなく、小幡君のいうように、他のだれでもない伊藤なのだ。伊藤は憲法草案の研究・調査・起稿のテンポにあわせて、太政官制の改革・廃止を進め、内閣制移行（明18）を実現してその初代総理になった。

さらに天皇の最高諮問機関として枢密院を設置（明21）してその初代議長になり、ここを憲法草案の最終審議の場として最大限に活用、最後はみずから憲法最終案を逐条的に陛下に奏上し、ご納得およぶまで説明をつくし、陛下の裁可をえて、憲法が直近の総理大臣黒田の手によって発布された。憲法はこういう意味での勅令なのだ。」

矢野が重ねる。

「枢密院は憲法で〈国務大臣及枢密顧問〉とあるように、内閣と別な機関ではなく内閣でもとりわけ天皇と直結する政治機関、いうならば日本政府の最終合意・決定機関という位置づけになるのですね。」

憲法になぜ、枢密院が内閣とは別な一種特別な機関であるのに、その構成員すなわち議長・副議長・顧問官があたかも内閣の一員であるかのように、各大臣と並列されていることに、不可解な思いを懐いてきたのが矢野だった。

だから思い切って諭吉に尋ねる。

「国務大臣と枢密顧問官とは機関名も役割も異なりますね。

しかし憲法上、ともに政府の構成員です。その政務内容は〈天皇の諮詢に応え重要な国務を審議する天皇の諮問〉とありますが、わたしには、枢密院の主務が、天皇ならびに皇族をコントロールする機関に見えてしかたありません。

立憲君主制の国といってもさまざまな形があります。だが共通して難しいのは、国民の統治とともにというかむしろ君主の統治でしょう。

もっともやっかいなのは、言葉は悪いが、君主の反乱です。その反乱に大から小までありますが、どんなケース、たとえ微小なものでも例外なく害甚大に及ぶことしばしばです。

諸外国に例を引くまでもありません。」

諭吉が呼応する。

「そう思って間違いないね。

君主の一語、一指で、山を動かし、海を干すようなことだって起きかねない。」

「しかし先生、」

と小幡が言をはさむ。

「伊藤公は日本憲法のモデルをプロシア憲法に求めた、まさに超然内閣のトップでしょう。国民に開かれた議論の通路をいっさい閉ざしたやり方で憲法をひねり出した張本人であると指弾したのは、兆民先生です。

これに対して、山県有朋公は、国会開設にさえ否定的な態度を取りつづけ、憲法発布の折には外遊中ということを理由に天皇陛下臨席の式典を欠席しています。また黒田はご存じの通り、式典の長・内閣総理大臣でありながら、議会に対してばかりでなく憲法に対してもまったく無関与な態度を持してきました。

まさにだから開かれたばかりの衆議院・民会と内閣との関係は、意思疎通の難しい、はじめから議論の成り立ちがたい状態に陥っていますね。」

ここで諭吉が一拍おいた。だが酒杯に手を伸ばさない。

「まずプロシア憲法のことからいこう。詳しくは知らないが、矢野君、プロシア憲法はいわれているように独裁的で封建的な憲法なの?」

即刻、矢野が応じる。

「いえいえ、まさにその正反対だといっていいでしょう。プロシアはドイツの東端を領する強国で、フランスに接するワイマールが民主的なのに対し、封建的かつ独裁的だといわれてきました。

このプロシアを日本に置き換えると、薩摩藩ということになるでしょうか。

ところがこのプロシアが領土をロシア西端にまで広げます。しかしプロシアは一八〇六年フランス・ナポレオン軍に敗れ、結果、領土も大幅に失います。

シュタイン等による政治経済改革を推し進めることで国勢を盛り返し、フランス支配からドイツを解放します。

結果できあがったのがプロシア憲法（１８４９年発布、50年修正）で、立憲君主制の成立です。

伊藤公が憲法調査中に訪ね、教えを請い、決定的影響を受けたのがこのプロシア改革の推進者、シュタインでした。そういえばシュタイン公はウィーン大学にいたとき、先生に書簡と著書を送られた、と記憶していますが。」

諭吉は小さく頷く。

「日本の憲法はドイツ憲法をモデルとしているというのは間違いありません。だがその内容は、ドイツを統一したプロシアの憲法を改正したもので、立憲君主制ですから、フランス憲法とは異なります。」

諭吉が身を乗り出すようにいう。

「わたしは日本国憲法は共和制ではなく〈万世一系〉の国として皇統を否定するわけにはゆかない。だから立憲君主制であるほかなく、先輩のイギリスに範をとらなければと思い、そう書いてもきた。

ただし日本とイギリスとでは国の成り立ちも君主のあり方も異なること、いうまでもない。

イギリスが一種独特であれば、日本もまた一種独特なのだ。ただし君主の立憲（constitutional）規定は簡明だ。」

「そうなんです。日本帝国憲法はドイツ式君主、ドイツ式政府と軌を一にする、ともに〈超然〉存在だといわれます。黒田や山県ばかりでなく、反対する中江（兆民）や自由民権派までもが同じ意見です。

ですがその憲法内規定をストレートにみると、天皇は政府に枠を嵌《は》められ、政府は予算の決定で国会に掣肘を受けざるをえなくなっています。」

「事実その通りになっているじゃないか。」

と諭吉があいづちをうち、小幡にそのあとをうながした。

「昨年、第一回総選挙が行なわれ、国会が開かれてほぼ一年、なんとか政府予算案をわずか百万円ほど減じるという妥協＝修正案が通り、つい先ほど閉会しました。ところが国会議員は、すべて民党で、たしかに政府寄りの愛国公党は存在しますが、少数派で、政府与党でもありません。事実上は非政府派ですね。

だから実質的な議論に入る前に、藩閥政府の高圧的な態度を批判する、ないしはただただ議論を長引かせる態で、結局、予算案を修正した、政府のいうがままにならなかったという功を誇るために、わずかな修正額という餌に飛びついて、政府に賛成票を投じる議員の力、二票という僅差で、予算が成立しました。

そうそう自由党から立ち、当選した井上角五郎君も政府予算案に貴重な賛成票を投じ、自由党から除名処分を受けましたね。」

矢野も小幡もこの井上が好みではない。というか、井上を軽んじている。

「同じことがプロシア憲法下でも生じています。

こちらは一八六〇年、軍備拡大をめざす政府と、それにストップをかけようとする下院の争いで、下院多数派は予算審議を盾に闘いました。結果、予算案否決、議会解散、否決、解散という悪循環に陥ります。日本ではじめての国会紛糾は、形だけのことになりますが、このプロシア国会のきわめて素朴かつ粗野なミニ版といっていいでしょう。」

「未熟で粗野なのは議員にかぎったことではない。むしろ民を見下し、その代表たる議員を議論の対象とみなしていない政府、とりわけ各省トップ以下官僚の傲慢な態度にこそあるのだ。

そこで聞きたいが、矢野君、国会を早期に開設し、そこで憲法草案を闘わせていたとしたら、どうなったと思うか？」

「先生が今日わたしたちを呼び、議論に及んだ深い意味が、いま、ようやくわかりました。

国会開設を先行すれば、日本の立憲民主制にふさわしい憲法が成立するなどということは難事であるだけでなく、万が一にもありえない、という事実が実証されたということですね。

この点で、大隈さんも、先生も、もちろんわたしも、とてつもない錯誤を犯してきたことになります。

ただし国会開設に慎重かつ消極的、ましてや否定的な態度を取ることは愚の骨頂で、最悪です。民意を収攬する道を閉ざす、黒田や山県が犯した、現に犯している許しえない誤りです。」

矢野の目はかすかだが涙で曇っているように、由吉には見える。

「でも先生、伊藤公は、なぜこのように巧妙な憲法を創作しえたのでしょうか？」

「その答えは、むしろ君に聞きたいね。それを聞こうと思ってこの会を開いたのだ。」

諭吉の態度は、ストレートで、そこに揶揄するようなものはなにも含まれていない。

私擬憲法案は矢野たちの創作でわたしには関係ない、という態度表明が、十四年政変以来諭吉が見せてきたものだった。

それが、わたしの創作でもあったと表明し、伊藤憲法に「脱帽」し、ただ脱帽してみせるだけでなく、その素晴らしさというか巧妙さを摘出しようとさえしているのだ。

この諭吉の自己検証に、正座している由吉の膝もかすかに感動で揺れだしている。

「しかし疲れた。休憩を取ろう。喉も渇いた。」

半刻ほど間があった。小幡も矢野も、水と些少の酒を補給したが、諭吉は別室に下がったまましばらく姿をあらわさなかった。

きっちり半刻して戻ってきた諭吉は、汗を拭き、下着におよぶまで着替えてきたようで、さっぱりしたたたずまいだ。

「矢野君はたしかソーシャリズムに興味をもっていたね。じゃあ、シュタイン卿をよく知っているね。」

「はい、ローレンツ・フォン・シュタインで、フランスに留学してその国の社会主義思想家と交わり、たしか社会主義に関する著作も書いています。プロシアに帰国後は、国政改革に手を染めます。」

「わたしはそのシュタインから手紙と著書をもらったことがある。その人物も著作も詳しくは知らないが、伊藤君がウィーン大学に尋ね、膝を交えるようにして師事したのがそのシュタインだね。」

「ええ、伊藤公はシュタイン卿を日本に招こうとさえしましたが、高齢を理由に断られたそうです。もっとも憲法草案を実際に起草した井上毅《こわし》（1844～）がシュタイン嫌いで通っていましたから、招聘が実現したとしても、井上と卿のあいだに立って、公はいわずもがなの厄介ごとを背負い込むことになったでしょうが。」

「あの横紙破りの井上は、とにかく嫌だといったら嫌だ、と誰にでもかみつく頑固者で通っていますから。」

小幡が苦笑をまじえながらいう。多少のあてこすりも混じっている。

「君が大蔵省をほうり出されたとき、同じ大書記官だった井上君こそ大隈・福沢派を、とりわけ君を追放すべきとした急先鋒だったね。

また先年、大隈公が閣内復帰をはたした際、〈議会で多数を占めた党派に内閣を任すべきだ〉という覚書きを伊藤公に渡したとされる事件で、君がそのメモを書いたというまことしやかな噂もある。もっともこれも噂だが、伊藤公はそのメモをストーブに投じたということだが。」

「まあ十四年における井上さんとの搦《から》みは、過去のそれもわたしが体験した事実だから、いまではどうともできないことです。

だが大隈公のメモに関してはまことしやかな噂であるとしかいいようがない。煙を立てた人もわかっています。

といっても、たとえ大隈公はそのようなメモを渡し、それをストーブに投じられたからといって、どうと思うような人ではありません。わたしのような狭量な人間とは根が違うのです。」

諭吉は二人のやりとりにかまわず、本題にまっすぐ入っていった。

「大隈さんは、とにもかくにも閣僚それも外相の任に就き、陛下臨席の枢密院の憲法会議にも常時出席していたそうだから、問題などない。話を元に戻そう。

矢野君、ではシュタインが、おのが手を染めたプロシア憲法ではなく、宿敵ビスマルクの手になるドイツ帝国憲法をモデルにすべきだ、と伊藤に助言したのは、いかなる意味なのか？」

やはり即答がある。

「結論だけをいえば、二つになります。

一にプロシアとドイツの位置関係です。プロシアはドイツを統一した公国で、日本でいえば薩長ではなく徳川幕府のようなものです。といってもその政体は立憲君主制です。

二に日本政府要人内の共通意識です。岩倉・伊藤・黒田・山県を中核とする意識で、そこにはフランスを破って躍進めざましい新生ドイツ帝国とその憲法すなわち立憲君主制こそ、日本憲法と政体が仰ぐべきモデルである、というおおまかな了解があります。

つけ加えますと、シュタインはプロシア憲法の範をイギリス立憲君主制に求めました。そのプロシア憲法を抱合・修正したドイツ憲法に、大隈伯だって正面から非を鳴らすことは難しいでしょう。」

「もう一つ、忘れてはならない重要なことは、陛下の内意を繰り込んだことだ。陛下は、実に毎回、憲法会議に出席し、熱心に傾聴されていたそうだ。

じつは立憲民主制においていちばん恐れるべきは、陛下の反乱なのだ。そうそう、大隈伯は会議に出席していたが、意見は吐かれなかったそうだね。」

諭吉は「陛下の反乱」といった。室内の三人に緊張を与える言葉だ。

そんな気配に気づかないかのように諭吉が柔らかくうながす。

「では小幡君、ひとまずここでの議論を閉めてほしい。いつものやり方でだ。」

小幡は諭吉がくわわる議論では必ずといっていいほどまとめ役を長いあいだ担ってきた。

諭吉の指名である。断ることなどできない。

「簡潔であることを旨とします。

国の体制すなわち憲法を、その章別から条規におよぶまで草案を作成し、審議し、決定することは難事業です。伊藤博文公チームがこの難事を成し遂げました。

皇統が民主政体を要求するという体裁の下に、各章各条規部分がおたがいをコントロールし合い、全体＝国家としてバランスよく機能する構成になっています。不備な点もありますが、適宜、部分修正は可能です。

ひとまずこの成果に脱帽しなければなりません。

極良点は、表現上、皇統を前面に立て、天皇に唯一無二の国家統合機能を付与しましたが、実質、その権力行使を極小に制限したことで、これこそ日本国体すなわち憲法の歴史的精華とよびえます。ついで内閣を国会から独立させ、かつ国会を掣肘できる機関とした点です。

国会がその正常な機能、民権の発揚を保証しうる機能を果たすことができるまで、内閣は、天皇・国会・裁判所等を統括しなければならない最重要機関となります。

ただし三権分立は当然担保され、法治主義が徹底されています。

対して、すでに私案として流布している各憲法草案は、帯に短し襷に長しで、これらをもし開設された国会に提出し、議論し、審議し、ひとつのまとまった案に絞り上げることが可能でしょうか。否です。議論百出、収拾がつかなくなるほかありません。これは議論時間の長短問題ではありません。

もし万一できあがったとしても、妥協の産物、寄せ木細工であり、各条規が衝突しあい、摩擦を起こし、国政は機能麻痺に陥ることしばしばでしょう。

国会が正常に機能しなくとも、内閣があるかぎり国政は止まりません。」

諭吉は黙って聞いていた。是とも、非ともいわずにだ。

そして謎のような結語を吐いた。

「つまり、伊藤公の事業に脱帽というのは、〈瓢箪から駒〉式のものとは異なるが、結果論によってなのだ。重要なのはこの事実だ。

他の私的草案はどんなに修正しても、伊藤案に比肩できるような結果を生まない。

以上は蓋然論だが、これを確認する必要はある。なぜか？　別な議論にまかそう。

ひとまずこういう平凡かつ乱暴でもある結論で収めておこう。反論はできまいが。」

ここで諭吉が立ち上がり、続いて、小幡、矢野がそろって立ち上がった。

部屋には由吉一人が残される。そこにもはや熱気は残っていなかった。

3　憲法「草案」盗まれる？

議論の再開は、日をあらためる形で、まもなくあった。

三人が同じ席を占め、やはり諭吉が口火を切る。

「なぜ憲法制定が必要か。いうまでもないが、第一は、憲法（constitution）とは文字通りその国の政体、国家構造を明示するものだ。立憲（constitutionalism）いかんは、文明開化、法治国家の必須要件で、それあるから、国民各自が同等な法すなわち権利のもとに相互に対等な関係を結ぶことができる。

第二は、文明国家同士が対等な法すなわち権利のもとで相互関係を結ぶためで、日本が西欧諸国と結んだ修好通商条約の不平等条規を撤廃・改正するためにも必須なのだ。つまり、日本がまっとうな独立国、他の文明国と対等な関係に立つ国になるためだ。

そのためには日本独自の、他の文明独立国をなるほどとうなずかせるに足る国体《コンスティチューション》を明らかにすることが必要である。

憲法なき国家とは、顔のない人間とおなじで、国体の端的な表明が憲法であり、憲法は日本が独立国たる実力を示すバロメータに他ならない。

矢野君、日本政府はなぜに条約改正の必要性を痛感してきたのに、維新以来今日まで二十五年を閲して、成功をえるに到らなかったのか？

そうか、まず小幡君に聞こう。」

「先生の言葉をなぞっていうことになりますが、国体の精華である憲法典、とりわけ独立文明国にふさわしい憲法をもとうとしなかったからです。まだ幼児期の国家であったということです。」

先生に対する学生のように答える小幡の姿勢が、いつものことだが由吉には好ましく感じられる。

「とくに条約改正交渉で日本にもっとも好意をもっている英国が、憲法制定を強く要求してきましたね。」

矢野がこうつけくわえた。

「たしかに英国の好意はありがたい。が、無償の行為ではない。英国の利益のためなのだ。矢野君、理由はなへんにあるのか？　きみの専門分野だろう。」

矢野は今日も余裕綽々《よゆうしゃくしゃく》だ。

「英国にとって、英国憲法に範をとったプロシア憲法を日本がモデルにするというのは、ビスマルクが主導したドイツ憲法よりベターなことを意味します。

それにイギリスはフランスよりも統一ドイツの躍進を恐れています。ドイツ躍進の推進力はプロシアですが、推進役のシュタインとビスマルクでは水と油ほどではないが、異なります。

それではプロシア憲法とドイツ憲法の違いは何でしょう。比較すると、君主の顔の向き具合が異なります。

ともに立憲君主制ですが、プロシア憲法が君権を制限しようとしているのに対し、ドイツ憲法は君権を拡大しようとしています。

これは徳川幕府と各藩の関係にすこし似ているのではないでしょうか。

徳川も藩です。ただし三百諸侯諸藩を統合する藩、すなわち日本を統治する政府です。

だが各藩は、幕府に統合されているとはいうものの、大幅な自治権をもつステイト《クニ》です。プロシアもドイツの大藩で、その藩内の領国すなわち郡県に自治権をあたえ、経済力と軍事力の強化、富国強兵をはかり、プロシア憲法を制定します。これを推進したのがシュタインでした。

そのプロシアが、その経済力と軍事力を駆使して、ナポレオンの膝下にひれ伏した敗戦国ドイツを蘇らせ、ドイツを統合したのです。

できあがったドイツ帝国は、その統合力強化を狙って、君権拡大と各ステイトの自治権を制限する方向に進みました。その推進役を演じたのがビスマルクで、デンマーク、オーストリアを破り、フランスを制して、プロシアの鉄血宰相と謳われます。

ビスマルクは君権をフル利用し、ドイツ帝国の統合者・独裁者として振る舞いました。だがそのビスマルクなきあとが問題でした。

皇帝が君権を盾に独裁力を発揮しだしたからで、ドイツ政治は帝室、政府、議会等が対立と抗争を深め、混乱を極めます。これが憲法起草に立ち上がった伊藤の現前にあったドイツの現実といえるものです。

伊藤が祈念し留意したのは、シュタインのプロシア憲法同様、君権の制限であって、民権の否定ではなかったのです。しかも伊藤の君権制限は、プロシア憲法よりも徹底しており、先生のいわれたとおり、イギリス憲法よりさらに徹底しているといっていいのではないでしょうか。

イギリス政府も自国の王室に望んでいたのは王権の自制であり、自粛でしょう。」

矢野がなお続けたが、多少揶揄めいた口調に変わっている。

「それにしても、条約改正のほうは、失敗に続く失敗じゃないですか？　とくにひどかったのは井上（馨）さんの鹿鳴館外交だ。先生も噴飯物だといっておられましたね。

しかしその改正内容にはみるべきものがありましたね。

一つは外国人に内地雑居を認め、彼らに土地所有・鉱山採掘権を与えるとしたことです。だが裁判所判事に西洋人を登用し、とくに西洋人にかかわる重大事犯の裁判では西洋人判事を過半採用するというのはどうでしょう。

この改正には、二つとして、近代法典とりわけ憲法制定が改正条約締結の条件になっていました。憲法制定は間近でしたから、井上さんも伊藤さんも今少しだと思っていたし、先生はこの一と二とも賛成されていましたね。

ところがこの二つとも国内、とりわけ民権派といわず国粋派に対してもはなはだしく悪評判で、国とりわけ国土を売り渡すに等しい条文だ、というような激しい条約改悪批判、猛烈な井上批判が起き、閣内にも反対・辞任するものが出て、条約改正会議は頓挫、井上さんは辞任に追い込まれます。

皮肉なことに、条約改正をめざす努力が、反藩閥政府・民権運動にふたたび火をつけ、保守派や宮中派の一部、極端な攘夷派などの猛反発をまきおこす結果になったのですから、皮肉といえば皮肉です。」

「シュタインのプロシア憲法、ビスマルクのドイツ憲法の違いはおおよそ了解できた。ありがとう。さすが矢野君だね。

それにしてもわたしは政府派ではないが、ドイツ憲法とプロシア憲法を同列に並べ、ともに藩閥超然内閣のモデルとして批判する民権派の盲動は、どうにかしてほしいね。外国人の自由な居住と所有、もちろん商取引も日本人と同権利であることは、当然だ。もちろん日本人と同じ法と義務の下にだが。

問題は対等な条件下で日本人と外国人が対等な責務を負えるかどうかだ。むしろ問題は日本人のほうにあるといえるのじゃないか。

日本人のあいだには、これまで鎖国が長く、外国人との雑居を経験せず、それを頭から危惧する習慣が根を張ってきた。土地所有の自由を外国人に与えたら、日本の国土が外国勢に買い占められかねないという杞憂が生まれる根にあるものだ。

だが外国人が日本国内の土地や鉱山を買い占め、ビジネスが成り立つケースを考えてみればいい。ケースバイケースで、儲けが出たら税金を払い、儲けがなかったら撤退・破産ということになる。この点、日本人の買い占めと異ならない。

また裁判で重要なのは、外国人に対し、日本人と同じ条件下で裁判を開くことだ。問題になっているのは重大なケース、稀な事案で、言葉や習慣の異なる外国人に日本人と同じ条件下で裁判を受けさせうるかどうかなのだ。

言葉の壁は大きい。当面、外国人本人にその壁をおのれ自身で乗り越えろというのは無理というものだ。外国人の案件では外国人判事を過半にするのは当然じゃないだろうか。

ただし治外法権という重大な案件を改正するのに、部分的な条文に固執するのはどうか。むしろ条約改正会議の延期と井上外相の辞任は、時期に適したものだろう。憲法を仕上げることが先決だということだ。」

「でも先生、保安条例を出していっきょに反政府運動の火を鎮火させたのは、強硬に過ぎましたね。時事新報も発刊停止処分を食らったじゃないですか。」

「しかし保安条例の矛先は、条約改正反対派に向けられたというよりむしろ憲法制定反対派に先制攻撃をあたえることだった、というのが私の意見だ。」

矢野は、なーるほどという表情を浮かべた。小幡はずーっと黙ったままだが、ここではじめてわずかにだが頰をゆるめて発言した。ゆったりした調子だ。

「例の二十年十月発行という日付のある百頁余りの小冊子『西哲夢物語全』ですね。秘密出版で、内容は極密裏のもとにあった憲法草案その他で、明らかに盗み出され、印刷され、民権派にばらまかれたものです。もちろんこれはそういう冊子があるというていどのまた聞きに過ぎなかったのですが。

もし憲法草案が民権派の手に渡ったら、憲法が陛下の裁可を受ける前に民権派の賛否を経たということになります。欽定憲法の体面を大いに損なう事態が生じたのです。

政府が保安条例を発動し、この文書を徹底的に回収したのは、当をえたというべきでしょう。」

矢野がいう。きっぱりした調子でだ。

「わたしの手許にさえ、この文書は渡ってきていません。大隈さんも知らなかったはずです。」

こういって、矢野は少し間をおいて、続ける。

「いや、大隈さんは、帝国憲法草案を知ってしまったからこそ、否、そのことを伊藤さんに察知されたからこそ、外相就任を引き受けざるをえなくなり、伊藤首相は条約改正失敗、保安条例発動の責を取った形で、黒田にバトンタッチし、国会から自由の身となり、枢密院議長として憲法制定に集中することができた、というのがわたしの推測です。」

「そうか、大隈さんが外相を引き受けたとき、民権派の三大建白とは言論集会の自由、条約改正中止、地租軽減だが、政府は全部織り込みずみだったというわけだ。

もっともわたしは地租軽減には賛成できなかったね。むしろいま現在、日本に必要なのは増税であって、それをなによりもまず海軍増強に回すべきだというのがわたしの持論、正直な富国強兵策だ。

独立の実力をもたずに治外法権全廃をひたすら要求すると、ふたたびの攘夷熱、いたずらなる排外主義を生む結果になりかねない。そうじゃないかね。」

「でもその先生の富国強兵論が、実に官尊民卑や藩閥超然と結びついて、ますます民権派を追い詰める結果になったのではないでしょうか？」

こう問う矢野は、福沢門下生のなかでも突出した政論家だ。

その自負心は矢野自身にもあった。心中ひそかに、おのれは大隈と福沢を動かすに足る人間だという自負心である。

ところが憲法発布とともに、矢野自身、政界引退を表明し、宮内省に、それも侍従に転身したのだ。まさに「官中の官」への転入である。

この夜の議論では、諭吉も小幡もこの矢野大転身については一言半句も触れていない。ただし二人とも、民にあることをもって官に協調するの一筋でやってきたのだ。

この諭吉に対する質問というか抗議には、その矛先がより強く深く矢野自身に突き刺さるものではないか、と由吉には思えた。

だが矢野の質問の発意はもっと深いところにあったようだ。

4　憲法とは何か

「先生、憲法、憲法といいますが、日本人に一番なじみの薄いのは憲法じゃないでしょうか？日本に近代西欧流の憲法とよべるようなものがあったのでしょうか？　あるいは今夜これまで先生の議論のなかに、憲法とはなにかの奥深い考えが示されていたでしょうか？

残念ながら、先生のこれまでの著述、言説のなかに、憲法とはそもそも何かを主題にした、憲法論といえるようなものがあるでしょうか？　ないのではありませんか。」

矢野は、自分に聞かせるようにゆっくりした語調で語るが、諭吉にそもそも憲法とは何か、という基本的な問いかけが欠けている、その問いがない以上答えはない、といっているのだ。

矢野の端正な顔が青白く、しかし目もとは紅潮している。

諭吉の表情が一変する。それを察したかのように小幡がこたえる。

「真理とは何か、人間とは何か、国家とは何か、というような抽象議論に耽るのは先生の伝法ではない。

憲法とは何か、も同様で、現に存在し働いているつまり生きている憲法を考察の対象にし、帝室論、国権論、民権論というように具体的に論じてきているじゃないか。

そこが、（植木）枝盛さんや（中江）兆民さんの憲法論議と違うところだ。先生のあたりまえの行き方ではないか。」

「そうでしょうか？　私擬憲法草案作りには小幡さんも加わりましたね。

われわれは先生のいわれるイギリス立憲君主政体を根本で規定している英国憲法をモデルにしようとしました。

でもイギリスには単一の成文憲法はありません。それでイギリス政体に最も近いオランダ憲法をモデルにせざるをえなくなります。

でもイギリスとオランダはそもそも国家成立の歴史が、したがってその歴史に固有な政治や法令も異なります。それ以上に日本とオランダとの歴史は大きく異なります。

根本的違いは日本が国初から皇統を保持してきた歴史をもつという点で、万世一系であるという点です。

オランダは十七世紀になってようやくスペインから独立した、王のいる連邦国家です。もとより、イギリスの王室は何度も断絶しています。

この日本国憲法の基本点、皇室伝統は先生のどの著作にも出てきていません。」

「そうだろうか、けっしてそんなことはないはずだ。

では君は憲法の本質は何だというのだ。」

小幡はまるで諭吉の代理役を演じるような語調に変わっている。

「その前に確認しておかなければならないのは、イギリスに成文憲法がないわけではないということです。否、厳然と存在するのです。

たとえば議会法です。イギリスの内閣は議院内閣制で、プロシアや日本の元老・枢密院の内閣とは異なり、議院内閣制です。ただし議会法、すなわち憲法は、憲法が法律に優位するという原則を主張しません。

この日本では、内閣・議会・裁判所は、機能的には三権分立で、さらに天皇は政治権力の実質行使から排除されています。

これは了解されるでしょうか？」

小幡はうなずいた。矢野が続ける。

「では、保安条例で示されたように、国家権力の実態とはどのようなものですか？」

すかさず小幡が応じる。

「法令、警察、軍、官僚、地方役場、村落、寺社、神社、学校、会社、新聞、家族等々、社会の隅々の力までを全動員する力をもつといっていい。だからこそ国権に対して民権を立てる必要がある。」

「では民権が無制限な力をもったらどうなります？　民権の代表機関は議会すなわち民会ですね。民会主導の国家です。政府たとえば行政と官僚も、裁判所たとえば裁判官と立法も、それに警察や軍の任免や指揮は、開設された国会にその例を見るまでもなく、雑多な思念と利害をもつ統率なき集団・諸個人のやりたい放題ということになるのじゃないですか？　あるいは強力な一党派の思いのままになるのではないでしょうか。

フランス革命時の多数派による議会独裁がその好例です。」

「国民の意志を代表・代行する議会が、内閣を選び国家を主導するというのは、フランスだけでなくイギリスだって同じじゃないか？」

すぐに小幡は冷静さを取り戻したようだ。

「そこにこそ、かつての大隈さんやわたしたちの憲法草案が陥った誤りがあるのです。

議会に国家権力行使の主導権を与えたなら、国家はめちゃくちゃになる、それが常則です。国権を、すなわち独立国家の実態を損なうのではないでしょうか。

現に現在の民会すなわち衆議院がまさにそうでしょう。まとまりがなく、重要なことはなにも決まらない。ただただ政府に反対する、それが関の山です。」

対して小幡はきっぱりいう。

「国会は発足したばかりだからだ。経験が足りない。相応の時を必要とする。議会だけではない。なにごとにもだ。」

「でも小幡さん、いずれにしても政府であろうが、国会であろうが、裁判所であろうが、あるいは政府の一部署を占める軍や内務省、あるいは警察に、無制限な力を使うことができるような状態に、あらかじめブレーキをかけなければなりませんね。

そのブレーキの根幹こそまさに憲法だといいたいのです。

国家のどの機関が、さらにはどの党派が、あるいは個人が権力を行使するチャンスをもったとしても、その機関、派閥、あるいはその諸個人の意志や行動までも、最後的に制約する規範が憲法だということです。」

一瞬、小幡は「理解不能」という表情を浮かべた。かまわず矢野は続ける。

「国家権力は無制限な力をもつ怪物です。リバイアサンであり、キマイラだということで、歴史上、その怪物が暴れ回り、ブレーキがきかなくなり、国が滅んだ実例に満ち満ちています。それを馴致《じゅんち》すなわち調教しようとするのですから、きわめてむずかしい。

だからその爆発的な力の発現をあらかじめコントロールする規律が必要で、それが憲法条規なのです。日本には、国家権力を縛る規律がなかった。というか、徳目はあるが、御題目で、仏教や神道と同じように、規律がないに等しいといっていいのです。

この事実は、反面、わが国では国家権力あるいはその一部が権力を簒奪《さんだつ》し、力の限り暴れ回って、国家破滅に及ぶような事例に乏しかったことを物語ります。

ところが幕末、高い文明力を誇る西欧強国、文字通りのパワーズが日本をぐるりと取り巻き、国家破滅の危機に追い込む緊急状態、国家崩壊の危機が生まれたのです。

このときもっとも恐れたのは内乱による自壊です。いくつか内乱とよぶに近い戦いが生じましたね。でも外力に呼応して暴発《ぼうはつ》した内乱例はなく、この国難、国家自爆の危機を脱出するためにこそ、ようやく憲法という太い縄目で国家権力を自ら縛らなければならないという必要、すなわち必然が生まれたわけです。」

「じゃあ矢野君は、憲法は国民の諸権利を拘束する縄目ではなく、皇室・政府・議会・裁判所を縛る太い縄目だというのだね？　国民に下しおく縄目なら、憲法などというものは必要ない。先の保安条例で十分だというのですね。」

「しかり、その太くて浩瀚《こうかん》な基本条項からなる憲法の縄目があってこそ、国家権力のすみずみにまで浸透する多様な網目ができあがるというわけです。

実際、憲法には、国家権力の通常機能を麻痺させるケースは別として、臣民の権利を束縛する条項はほとんどないでしょう。」

　小幡から返答はない。矢野はそのまま続けた。

「あの保安条例の公布・施行は、まさに決定稿ともいわれる憲法草案、国家権力を最終的に制限する基本条項が、盗まれ、秘密裏に印刷に付され、それを契機に憲法反対運動が巻き起こり、枢密院の最終審議、天皇の裁可を迎えないままに、二十二年公布という期限を目前に、中止あるいは修正の危機に瀕した、と政府が、端的には伊藤首相が考えたからではないでしょうか。

　まさに国の内外に宣明してきた、政体すなわち憲法成立が危機に瀕すると考えたからです。」

「では矢野君、保安条例の施行を、君は〈三大事件建白書〉すなわち言論集会の自由・条約改正中止・地租軽減を要求して枢密院に建白された、民権派の大同団結運動を潰すのが本筋ではないといいたいのだね。」

「然り、然りです。だからこそ、大隈さんが憲法草案に反対せず入閣し、のちすぐ大同団結運動を先導した後藤象二郎さんが入閣することになるのです。

　もちろん、どちらも伊藤さんの発意に同意したからだと思いますが。」

　ここで諭吉が重い腰を上げるように、ようやく沈黙をほどいた。表情はいたって穏やかだ。

「矢野君、実にいい議論を傾聴させてもらった。なるほどね。

　わたしも、その盗まれたとされる憲法草案なるものを噂で聞くだけで、実物にお目にかかったことはないが、君が推察したように、あの三大事件建白書の要求運動に対して保安条例の発動で応じるなどは、大げさにすぎるのではという疑問があった。

言論集会の自由はごく一般的というか当たり前の要求であり、条約改正中止は政府案でもあった。それに解せないのはこの財政難・緊縮財政のとき、地租軽減の要求なぞは愚の骨頂で、わたしも反対だった。まあ、緊縮財政はどうかと思うが。

それで矢野君、盗まれたのはそれほどに重要な草案だったのかな？」

矢野はようやく議論のターミナルステーションが近づいたと感じたか、ゆっくりとブレーキをかけ、徐行運転に変わっていった。

「いえ、盗まれたものの本体はいまもってわかりません。ですが印刷に付されたものは、伊藤伯がベルリンで受けたとされるグナイストの講義録、プロイセン憲法、それにレスラー憲法案で、どれも憲法起草のための資料というほどのものです。」

「その三つは、民権派が主張するような、国権至上主義のドイツ憲法を写したようなものだったのかな？」

「いいえ。」

矢野はきっぱりと断を下す。

「まず第一に、この冊子『西哲夢物語』には、起草メンバー伊藤博文・井上毅・伊東巳代治・金子堅太郎が起こしたとされる草案は含まれていません。

それに、グナイストの講義も、内閣顧問として憲法起草にも力を貸したレスラーの草案も、プロイセン憲法仕込みの立憲主義で、イギリス憲法と異なり、議院内閣制ではないということです。」

「なるほど、大隈さんが入閣を引き受けたとき、君が書いたとされるメモを伊藤君がストーブに放り込んだというのは、伊藤君が議院内閣制をとらないが、大隈さんはそれでオーケーだ、という最後的手打式だったんだね。」

表情を少しも変えることなく、矢野はゆっくりとのべた。

「盗まれたもののなかに、あるいは憲法草案の最終稿があったのかもしれません。だがそれを印刷に付したら、二つのことが盗んだ当事者たちに襲いかかったでしょう。

ひとつ。グナイストの講義やレスラーの草稿等からも、憲法草案がプロシア流の立憲君主主義で貫かれており、国民の権利すなわち個人の自由と平等を十分尊重したものであることが判明します。だから、この秘密文書の発行者たちは、草案それ自体を公表するわけにはいかなかったのでしょう。憲法がドイツ流すなわちビスマルク流の強権国家をめざし、自由民権派を叩き潰すことを目している、との悪印象を与えることに徹せざるをえなかったのです。

ふたつ。憲法草案を盗み、発表する。これ自体は窃盗や盗作の類とは異なります。あるいは不敬罪にとどまりません。明らかに国家体制の根幹を揺るがすに足る大罪、国事犯、国家反逆罪につながります。

関係者は極刑を覚悟しなければなりません。保安条例違反の比ではなかったでしょう。」

「つまり矢野君の推断するところ、草案の内容をよくよく知るものは、憲法発布に反対を唱える論理の必然を失い、むしろ保安条例の発動で草案自体の発行を中止し、さらに発行文書の回収に回るチャンスをえたというわけだ。わたしたちの目に触れることなく煙のように消えたわけだ。

再度いえば、わたしも発布された憲法に、大隈さん同様、脱帽したものの一人だ。」

ただし、諭吉は多少ことばの調子を落としながら、一言疑問をつけくわえる。

「それにしても、伊藤君の民会不介入がやはりどうしても解せない。このまま民会の混沌、政党乱立・集合離散を続けていけば、早晩、民会不要論が噴出し、議会が自分の手で自分の首を絞めることになる。議会が内閣を掣肘するという重大契機が失われる。

まさに君がいったように、いま、かつてプロシアで起きたような、内閣と民会の消耗戦が演じられつつあるのではないだろうか？

そこが現下の課題じゃないかね、矢野君。」

矢野はこの夜はじめて屈託のない笑顔で応じた。

それを合図に諭吉が勢いよく立ち上がる。小幡と矢野が続く。はじかれたように、由吉がすっと立ち上がり、諭吉の手招きに応じた。

「さきに大隈さんが玄洋社ばらに襲われた。矢野君だって身の振り方が急すぎる。狙われているとみなければなるまい。

それで帰途のこと、よろしく頼まれてくれるとありがたいのだが。」

由吉はしずかにうなずいた。玄関の上框《あがりがまち》で、小幡と矢野が肩を並べて諭吉を待っていた。ともに深く礼をし、軒先を離れる。

春の夜のまだ寒さを残す風が、室内に静かに流れこんでいた。

義塾からすぐ近くに住む小幡とわかれた矢野が、ゆっくりと芝の増上寺へ向かう大通りを歩んでいる。人通りはまばらだが、春の宵だ。由吉の察するところ、不審なことが起こる気配があるとも思えなかった。

神明町の灯が近づいたころだ。矢野が歩みを止め、振り返る。月が出ている上に、二人の距離は半丁もない。矢野が手招きした。

「ご苦労なことです。先生は相変わらず心配性だね。どうです、こんな機会は滅多にあるもんじゃない。神明町の灯が見える。まだ開いている店があるでしょう。ちょっとの間つきあいませんか。」

由吉は矢野をまぢかに見ることはあった。だがこの五つ年下の義塾きっての俊英とも、狷介ともいわれてきた矢野と、じかに口をきいたこと、ましてや酒を酌み交わす機会をもつことがなかった。

だが断る理由はない。矢野について店に入る。

店は入れ込みだったが、客はまばらで、静かだった。

矢野は手酌だ。由吉もそれにならう。

「小幡さんとの議論、びっくりなさったのではないでしょうか？

小幡さんは、わたしにとって義塾で最初の先生なのです。

それになんでも自由に議論を許されてきた先達で、本来なら先生といわなければならないのでしょうが、わたしには他に呼びようがない先生が二人いますので、勘弁してもらっています。」

先生とは、諭吉と大隈のことで、矢野を知るものなら先刻承知のことだ。

「先生はいかがです。相変わらず大変そうですね。

朝鮮のクーデタ騒ぎの後始末では、手を焼いているでしょう。とりわけ金玉均、井上角五郎両君にはお困りなんじゃないんですか？

二人とも、井上卿に対する不信感にはただならぬものがありますからね。」

井上伯のうしろには伊藤公がいる。金玉均がこの二人に、総じて日本政府の中枢に疑いをもつのは筋違いだとは思えるが、朝鮮人としての金の感情の向き具合、矜持について、由吉にはわかる部分もある。

だがそれは諭吉いうところの「怨望」から生まれるものであり、人を出口のない「窮」に追い込む最悪の感情につながる。

対して角五郎が持つ感情は「怨望」ではない。角五郎は出口のない道をけっして選ぶような人ではない。諭吉や由吉と同じように比較評価でゆく。

もっともこの比較論の正否を矢野に質すなどということも由吉の流儀にはない。

矢野も由吉も、静かに、だがするすると酒を喉に流し込んでゆく。銚子がすぐ二本あいたころだ。

矢野が独言のように語り出した。

「先生、わたしの身の選択のこと、なにもおっしゃることはなかったですね。心配をおかけしているでしょう。

天が与えてくれた機会だ。やはりこの際、お話しして、あなたに託すべきでしょう。」

矢野には駆け引きめいたものは感じられなかった。用件にすっと入ってゆく。

「宮内省に入ったのは、伊藤さんのたっての挽《ひき》によってです。

宮内省は宮中でもあり、政府が直接手を突っ込むことができない秘所です。

しかも政治の要所に通じている通路です。

伊藤さんは岩倉さん亡きあとこの秘所の中枢にすわり続けてきましたが、憲法成立を機に別事に奔走しなければならない。だから伊藤のもう一つの目となってほしい、と請われたわけです。

断ることはできないでしょう。伊藤さんなのですから。」

少し間があく。

矢野は政界、言論界からの「引退」を発表した。明治二十一年（1888）のことだ。

ところが二十二年、国会開会式典に天皇陛下の侍従として姿を現した。じつは宮内省に転身していたのだ。これに誰が驚いたかって、諭吉以上のものはいなかったのではないだろうか。

「伊藤さんの目は、先生が案じている民会に向いていると思われます。

憲法をただの紙切れ程度としか思っていない黒田さんや山県さんに政府を預けたのも、民会をどうするのかにひとつの筋目をつけるためと思われます。

多くの人が憲法すなわち国体の最大欠点と思われているのは、議会の存在です。ただただおしゃべりの場になり、実態はただ賛否を問う機関になっているのです。

もとより議会は政府を掣肘する機関として機能をはたしてはいません。じゃあイギリス憲法のように、議会が内閣総理大臣を指名する議院内閣制にするのか？　それでは帝国憲法否定につながる。ではこの欠陥をどう埋めるのか？　おそらく、伊藤さんは大隈先生と共同で、民会に政府党を立てようとしているのではないでしょうか。」

由吉の口から、生の言葉が漏れでた。

「では黒田さんや山県さんと袂を分かつということでしょうか？」

この言葉に由吉自身が驚いている。

「そうでしょう。最終的には個々人ではなく、薩閥や長閥と決別することではないでしょうか？それが大久保さんから政権を引き継いだ伊藤さんの自負でもあり、困難の源にあったものでしょう。」

由吉には理解不能な部分があったが、諭吉にはきっちり伝えることを約して、半刻余りのち、店の前で護国寺へ向かう道をとる矢野と別れた。

事件簿14　諭吉、金玉均の乱「黒幕」とみなされるの巻

1　二人の留学生

「新聞の件、まずは成功お目出度う。拝見している。快挙だ。すばらしい。君の奮闘のたまものだ。義塾同人、否、日本人を代表してありがとうをいわなければならない。」

一年半ぶりである。明治十七年（1884）なかば、朝鮮から一時帰国した井上角五郎が諭吉宅を訪れた。

自室の端には、いつものように福沢由吉が端座している。

「とはいっても、筆禍で謹慎処分になり、こうして先生の前にいるわけです。面目なかばです。」

「筆禍か！　ご苦労さんなことだ。」

「ええ、『華兵横暴』という記事で、物を買っても金を払わない清国兵の横暴を指摘したのです。」

多少驚きを示したが、諭吉はむしろ一回りも二回りもたくましくなった観のある弟子の姿をまぶしそうに見ている。

なお「新聞」とは『漢城旬報』（10日毎）で、発刊のため新設された博文局（政府機関で総理衛府に属する）が発行元、「官報」を兼ねた一八頁立ての堂々たる体裁のものだ。

「もっとも漢文オンリーの発行で、先生が当初お望みだった諺文《オンモン》（ハングル）というわけにはいかなかったのですが。……何せ、官報も兼ねるということで、漢文採用が朝鮮政府の意向というか、厳命です。」

軽くうなずきながら、諭吉がなかば自問するように尋ねる。

「『官報』とはやはり驚きだね。漢城（京城）最初の新聞で、編集の実質責任が日本人の君なのだから、なおのこと政府内での抵抗があったと思うのだが。」

「官報」を兼ねた諭吉編集の新聞発行の件では、「十四年政変」の引き金となり、伊藤博文等に手ひどい背負い投げを食らった苦い経験が諭吉の頭をよぎる。

「ええ清派事大党の反対は、予想されたとおり、とてものこと激しかった。

でも先生、朝鮮政府といえども、開化推進の是非は別にして、独立・開国・鎖国三派のいずれも、新聞発行自体を否定するわけにはゆかないわけです。国をふたたび閉じたい大院君派だって、国内だけでなく諸外国の情報がほしくないわけがない。

たしかに発刊を強く後押ししてくれた漢城市長朴泳孝さんが中途で免職になったことはこたえました。さいわい金晩植さんの従兄弟の充植さんの後ろ盾で、ようやく創刊にこぎつけることができたのは、幸運以外のなにものでもありません。」

諭吉は、過日来日しよく知っている朴泳孝や金晩植についてこそ、詳しく聞きたかった。が、角五郎は若く、慌ただしく、実際忙しい。性急で、席の温まる暇もなく、座を立った。


諭吉の脳裏に、また別の鮮烈な記憶が甦えってくる。

「まさに三十年前の日本だ。」

明治十四年（1881）、朝鮮から留学してきた学生二人から、隣国朝鮮の内情をつぶさに聞かされたとき、諭吉が吐いた感慨深い言葉だ。

しかもこの二人、日本最初の外国人留学生で、諭吉の肝いりで義塾が受け入れたのだ。

諭吉の心は、往々二十年前、遣欧派遣団の通詞として西欧諸国を遊覧した時の自身への思いとも重なっている。


ひさしぶりではないだろうか。諭吉の顔も心もほころびに満ちているのは。

「西遊想起二十年の夢だね。」

この言葉を、諭吉の私室で、いつも通り正座をして聞く由吉にとっても、その言葉から新鮮な響きが伝わってくる。

「でも先生、朝鮮国と日本国は、同じく『国』とはいっても、同じというわけにはいきませんね。」

諭吉はうなずく。

「朝鮮は十四世紀末から二十世紀初頭まで、つまり李氏王朝とはいうものの、一度も独立国として振る舞っていない、振る舞ってくることができなかったという事歴を忘れてはならないでしょう。

たしかに歴代『国王』と名乗ってきています。でもそれは『皇帝』を憚《はばか》ってのことでしょう。

日本の新政府が天皇勅書を携えて挨拶にいったとき、けんもほろろの対応をしたのも、清の『皇帝』を憚ってのことでしょう。

あの国では、『国王』とは『将軍』というほどの意味より小さいといっていいのではないでしょうか。なにせ将軍には旗本八万騎がいますが、朝鮮国王は裸の王様でしょう。」

諭吉は強くうなずく。

「そのとおり。朝鮮にとって、皇帝の『皇』や勅書の『勅』は禁字なのだ。」

「ええ、直接には、清の皇帝に対して不敬もはなはだしいという理由でです。まさに朝鮮は支那の属国であるという表明でしょう。」

「だからこそ朝鮮の属国意識を払拭しなければならない。『自立自尊』の独立心が必要になる。文明開化の核心がそこにある。これが私の年来の主張なのだ。」

「ところが先生、朝鮮人は上から下まで、心中、儒教の国は朝鮮だけで、清は女直・満洲族つまり野卑な国だと見下しているのでしょう。

文明開化のギャップが激しいこの劣性『事大主義』こそ、残念ながら、朝鮮国とその国人に共通したものだといっていいでしょう。」

「だからこそ、他国からとりわけ日本やアメリカから学んで、朝鮮が独立する心性を拡大してゆく必要があるのだ。」

諭吉は軽いため息を吐くが、思い直したように話題を転じた。

「私のところと、もう一人、中村正直君の同人社が引き受けた計三人が日本で最初の外国人留学生であった。」

政府は、外国人教師を大量にしかも超高額報酬で雇い入れてきた。そのなかにはかなり経歴のおかしなものもいる。まあそれはいい。というか仕方ないだろう。

ところが義塾が手をつくして外国人教師招聘にこぎつけると、政府はすかさず「資格」がそろっていないなどを理由に、横槍を入れてつぶすのだった。

くわえて高・中等教育では、文化学芸技術全般にわたる人的交流の核となりうる外国人留学生を受け入れようとはしない。だから義塾が初の留学生を受け入れた件に関しては、いくぶん以上に誇りたい気分が諭吉にはある。

しかも留学生、兪と柳の二人は、先年の日本視察（紳士遊覧）団に加わった、朝鮮の開国文明化を強く望む青年で、開化の範を義塾（諭吉）に仰ぎ学びたいという。心強いではないか。

俊才で聞こえた兪吉濬《ゆきっしゅん》（1856〜1914）は、由吉より一回り若いということだが、その相貌にはすでに老成の兆しが見えてさえいる。

「由吉君、朝鮮は日本独立の生命線なのだ。この朝鮮を清に代わって自分のものにしようとする列強は、英・露ばかりでない。

その朝鮮国の独立と文明開化を強く望むのは、私だけではない。新政府のリーダーたちばかりでもない。君も知っているように、幕閣の小栗忠順公がまさにそうだったね。君が周知の薩摩の松木弘安（寺島宗則）や薩の留学生を引き連れて渡欧した五代才助（友厚）も、熱心な開化派だった。

君にも義塾留学生二人のあとおしをくれぐれも頼みたい。二人はぜひともかの国でこそ『一身立・一国立』の徒となるべく義塾で勉学に励んでくれなくてはならないのだ。日朝両国をつなぐ希望の星である。」

「一身一国立」の思いこそ、欧米列強《パワーズ》のどんなに強い干渉はあっても、独立・文明開化を貫こうとしてきた諭吉の変わらない言動のど真ん中にあるものだ。

だからかの「征韓論」をめぐる閣内対立と政変劇（1873）でも、諭吉は、政府が朝鮮に軍事介入することに強く反対したのだった。朝鮮の文明開化は、朝鮮独立のもとでのみ可能だと考えてのことだ。

だが江華島事件（１８７５年　日本軍鑑が朝鮮沖を示威航行中、江華島砲台から砲撃を受け、これに日本砲も応戦、朝鮮砲台を破壊）が起きた。

たしかに西欧流の文明開化から見れば、日本艦艇の航行は、ロシアやアメリカがかつて日本で行なったように、「開国」を求める示威行為《デモンストレーション》、軍事的挑発以外のなにものでもなかった。

事実、日本が開国したケースと同じように、この事件後、朝鮮も日朝修好条規（１９７６）を結び、宗主国の「華《チャイナ》」以外では、はじめて朝鮮の門戸を世界（欧米）に開くことになった。しかもこの条規も朝鮮にとって不平等であった。朝鮮（人）にとっては、当然、日本こそ欧米夷狄の走狗とみなし、日本攘夷の念がさらに強まったとみなければならない。

だが日本の「開国」を是とするなら、朝鮮の「開国」も是となること、是非もない。これが、諭吉が西欧流の「リアル・パワー・ポリティクス」から学んだはずの経験則、文明化であった。

由吉は、みずからに問うかのように、つぶやく。

「でも先生、一国独立は、わが国においても、国を固く閉ざしたままでは不可能でしたね。

理由はどうあれ、幕府がまず開国の道を開いたのです。その当事者である大老が暗殺され、開国・一国独立の捨て石になりましたね。」

「というか、幕府は否も応もなく開かされたというべきだろう。問題はその開き方だった。」

「先生は幕臣のとき、小栗忠順公が主張された幕府主導による文明開化路線に賛同されたことがありましたね。」

諭吉は苦虫をかみつぶしたような表情をしたものの、悪びれるところはなかった。

「幕府であろうが、薩長であろうが、はたまた水戸様であろうが、開国・文明開化を推し進めることにかんして、将来の日本のため、否も応もなく賛成しなければならない。それが私の立場だった。」

ただし諭吉には、「政治」の「現場」にちょっとでも足を踏み込むと、その入り口でいつも手ひどい傷を負ってきたという苦い経験がある。「幕府による開国・文明開化」の場合も例外ではなかった。小栗の路線は幕府内では急進的にすぎて、むしろ批判の的になっていたのだ。

江華島事件のときもそうだ。諭吉自身は明治十四年政変劇（1881）の渦中に身を置いていたばかりではない。「官有物払い下げ弾劾！」、「国会早期開設！　国会審議・議決による憲法発布！」を主張する民権拡張・反薩長政府派の「黒幕」と目されていた。

しかもだ。この政変劇の「泥沼」に引きずり込まれたまま、どんなにもがいても出口がまるで見えず、心が千々に乱れ、一ときも安まらない時期に当たっていた。

由吉は、諭吉の苦悶と苦慮の数々を目の当たりに見てきている。

この学生二人との会見にも、ほんのりとした隣国朝鮮開化への灯りとともに、なぜか「どきり」

とするもの、言葉にすれば「陰謀劇」のはじまりというべきものに諭吉が両足を踏み入れたのでは、という危惧感を強く印象づけるものがあった。

なるほど二人は学徒にちがいない。だが学生というよりは、知的であるだけでなく「国士」の気配を濃厚に漂わせているのだ。これが由吉の第一印象である。

このとき、諭吉も、表情には出さなかったが、両刃の剣に触れるような思いにつき当たっていた。まっすぐ李東仁との出会いからはじまるさまざまな邂逅が頭をかすめてゆく。

明治十一年（1878）六月、朝鮮の独立開化派のリーダーで政府高官の金玉均（1851～1893）と深いつながりがあり、噂では金の密使ではないかとされる李東仁（1849～81）が密かに日本を訪れた。もちろん、このとき、諭吉は金はもとより李の人となりさえ知るよしもなかった。

この李、僧侶で、釜山に開設された東本願寺（真宗大谷派）の仏縁をたよって、日本が近代化の着実な歩みを続けている実情収集を目して来航した、むしろ「密偵」とよぶにふさわしい人物だ。

この李が、（再）来日する。明治十三年（1880）のことで、このたびは修信使（朝鮮外交使節）の案内役（文部省御雇）であった。李は京都本願寺から東京本願寺の僧、寺田福寿を通じて、諭吉に接触を図る。寺田がかつて福沢邸に寄宿する義塾生であったことによる。

この経緯から見ると、金玉均は、当初から諭吉との結縁を望んでおり、李に諭吉と会うことを強く薦めたと思われる。

諭吉が二人の留学生兪と柳に会ったのは、その翌年のことだ。

そして李から日本の実情や諭吉の人となりを聞いた金は、矢も盾もたまらず日本行きを望み、国王の命（を受けたという形）で、明治十五年（１８８２）三月来日し、五月、京の東本願寺別院で旅装を解いて、福沢との面会を強く求めたのだった。

六月、ようやく金は諭吉宅にたどり着き、ついに諭吉との面談を果たす。

ここに諭吉と金玉均の宿縁《フェイト》ができあがった。と同時にこの邂逅は、諭吉が、朝鮮の開化独立派が引き起こした「甲申事変」（１８８４）あるいは「金玉均の乱《クーデタ》」の「黒幕」と名指される契機となり、諭吉を終生苦しめることとなるのだった。

諭吉が陥った少なくない「窮地」のひとつというべきだろう。

諭吉は日本では「十四年政変」（１８８１）の「黒幕」と見なされ、さらに一連の朝鮮争乱の「黒幕」と名指しされ、ここに日・朝にわたる歴史上の大「黒幕」伝説ができあがったというべきだろう。

この期間、諭吉は、四十代後半からはじまる人生最盛期に、二つの政治「陰謀」劇に巻き込まれて、この「筋書き《プロット》」の一端を握る形になり、人生最大とでもいうべき「危機」を迎えることになる。

もちろん、この危機を好機に転じる、それが諭吉流ではあった。「転んでもタダでは起きない」

が福沢諭吉の人生流儀である。

2　朝鮮、二つの「クーデタ」

金玉均のクーデタを語るには、まず「壬午の変」（1882夏）に触れる要がある。壬午の変、一名「大院君の乱」というのは、形はクーデタである。だが急所は朝鮮軍の内部武闘《バトル》なのだ。

李国王の父・大院君（李夏応）を奉じる旧態依然たる鎖国攘夷派の朝鮮軍（旧装備と劣待遇）が、国王と王妃・閔《びん》閥を支える日本軍の指揮・訓練下にある朝鮮軍（新装備）を攻撃し、くわえて日本公使館を焼き討ちにしたバトルであり、政権奪取を謀った大院君による政変である。

この軍乱の根元には、朝鮮半島の統治に対する清と日本の対立があり、その裏には、下世話にいえば、東アジアの「盟主」をめぐる日清の争いがあった。

諭吉年来の主張は、西欧覇権国のパワーに対抗するためには、日清朝の三国提携が必須であるというものだった。

ただし開国と開化を頑なに拒んできた清・朝の鎖国路線ではなく、みずから国を開き、三国が提携して文明開化の旗を高く掲げ、独立維持を図ろうとしなければ、日清朝とも西欧パワーに飲み込まれてしまう。そうならないためには開化独立路線を歩む日本をモデルとしなければならない。

もし三国連携が不可不能ならば、日本はひとりでも文明開化の道を推し進め、パワーズから真の独立を達成しなければならないという「脱亜論」につながってゆく内実を秘めたものだ。

だがこの軍乱の結果は、意外なものとなった。

清軍がいち早く精鋭を投入、争乱の火元となった鎖国（清従属）派の大院君を天津《てんしん》（清国内）に拉致し、国王・閔政権を支持して軍乱を収めたからだ。

しかも清は、朝鮮と日本の新条約締結（賠償金支払）を「斡旋」さえしている。

対して日本は公使館を焼き討ちされ、駐留公使が命からがら朝鮮から脱出するというような体《てい》たらくで、ここに清が朝鮮内で政治軍事支配力をいっそう強める結果となった。

この軍乱の結果は、日本政府にとってばかりでなく、諭吉にとってもはなはだ面白くない局面となって現れた。文明開化による開国路線の芽が摘まれたからだ。そして朝鮮の開化独立派にとってはさらに不如意である。特に金玉均にとっては不本意極まりない。

金たちがめざす開化・独立の「旗」は、若い国王（の啓蒙＝開化）である。ところが開国穏健派の閔閥政権が国王をがっしりと取り囲んでしまい、その背後に宗主国清の力と監視がある。この旧態依然とした現状を打開してゆかないかぎり、金玉均を中心とする独立開化派はますます孤立を深めていかざるをえなくなったのだ。

日本政府は、そしてその政府とは別なやり方で諭吉も、手をこまねいていただけではない。

諭吉は朝鮮に、諭吉式文明開化法《マナー》、すなわち学校（英語塾）創設と新聞発刊を目して、子飼いの牛場卓蔵（１８５０〜１９２２）等をいちはやく派遣する。軍乱直後の明治十六年（１８８３）一月のことだ。

諭吉は、牛場派遣を、日本における「蘭学事始」にたとえて、朝鮮における開化の先駆けとみなし、牛場たちに
「牛にひかれて善光寺参り」

という「漫言」（『時事新報』）を贈っている。牛（場）の使命は、朝鮮語の新聞を発刊し、朝鮮（人）の文明開化を誘発する啓蒙・教育活動の鮮明な旗をたてることにある、という主意だ。

ところが牛場・義塾党《スクール》の面々は、朝鮮上陸後すぐに独立・開化反対派の事大党（旧守派）をはじめとする旧儒教派による露骨な妨害に出会うことになる。ために、新聞発刊に必須なわずかな印刷技術メンバーを残して、要の牛場ほかの教育・啓蒙要員は早々と帰国を余儀なくされてしまったのだ。

ただ若い井上角五郎（１８６０〜）だけが残された。井上残留は、まるで全員尻尾を巻いて逃げ帰ったのだといわれないがための、形だけの「捨て石」と思われた。ところがなにが起こるかわからない。まさしく「瓢箪に駒」で、予想しえないことが起こったのだ。

この井上、朝鮮開化独立（諭吉）派のキャスティングボートを握る先兵役《パイロット》を果たすことになる。

牛場たちが去っておよそわずか半年、明治十六年十月、朝鮮政府内にシンパをえて、『漢城旬報』

創刊に漕ぎつけるという予想外のマジックを演じて見せたからだ。

諭吉には、かつて政府発刊・義塾編集の「官報」発行の誘いに乗り、伊藤博文・井上馨のコンビに痛烈な背負い投げを食らった痛い記憶がある。そんなに遠いことではない。その「官報」発刊を転じて「民報」＝『時事新報』発行に漕《こ》ぎ着けたのが、諭吉の真面目であった。いずれにしろ、「新聞は文明の公器」だというのが諭吉の存念（thought）である。

対して、この『漢城旬報』（10日に1回発行）は、政権を掌握する閔妃派閥の「支援」もあり、朝鮮政府が新設した「博文局」から発行された媒体《メディア》で、正真正銘の「公」器だ。

しかも井上角五郎編集責任、実務を兪吉濬（義塾留学生）が支える、全面漢文の朝鮮最初の近代新聞である。これは朝鮮近代史に残るまごうかたなき快事で、諭吉の『時事新報』創刊と肩を並べるにたる壮挙といっていい。


翌十七年六月、その井上角五郎が突然帰国してきた。

諭吉、帰京理由をそれとなく質す。

「筆禍にあいました。清党の圧力によるものですが、すぐに解けるはずです。」

井上は多くを語ろうとしない。諭吉はなにほどかきな臭いにおいを直感したが、強いてそれを追求しようとはしなかった。諭吉が望む朝鮮開化独立の道は、はじまったばかりで、しかもいまのところその「成功」は井上一人の手腕にかかっているともいえたからだ。

九月その井上があわただしく漢城（京城）へ戻っていった。

第二の変事が甲申政変《クーデタ》（明治17年12月）、一名「金玉均の乱」とよばれるものだ。

「去ル四日閔泳翊《びんえいしょう》暗殺セラレ開化党政権ヲ取ル。反対党皆殺サル……」

一八八四年（明治17）十二月十三日、井上角五郎が長崎から福沢諭吉宛に打った電文（平文《ひらぶん》）の冒頭だ。ただしこの電文、内容が内容だったから、まず外務省に知らされた。（当時、朝鮮国内から日本宛に電報は打てなかった。）

この情報に接してまず驚愕ないしは驚喜したのは、日本政府だったのではないだろうか。親日派の金党が政権奪取に成功したというからだ。

諭吉もこのクーデタ報に驚いたが、まずは正確な情報収集が新聞《ジャーナル》の使命である。

十二月十九日の『時事新報』に「朝鮮事変」が載る。

そこには、井上角五郎から直接もたらされた情報も盛られた。

一、京城在留の支那兵と日本兵とのあいだに紛争生じ、開化独立党（金派）は保守の閣僚を暗殺等で弾圧排除し、国王を擁して政権を握った。

だが、文字通りの「三日天下」で、強力な支那兵に包囲され、多勢に無勢、竹添公使以下、公使館へ逃げ延び、さらに領事館のある仁川（済物浦）まで退かざるをえなくなる。

実態は「敗走」、つまりクーデタは失敗に帰した。

二、『時事新報』は、当初、「閔泳翊暗殺」を事実とし、閔を「事大党」（支那党）の代表のように取り扱っている。だが、閔泳翊は閔閥の一員ではあるが、一つは「暗殺」ではなく負傷したにとどまる。それに、閔は（諭吉も旧知のように）開化独立の穏健派であり、むしろ反事大党・友大院君派で、文字通りの旧守派ではない。

ただしこのクーデタ劇の結果、朝鮮政権は完全に閔閥の手に落ち、朝鮮の開化独立派のほとんどは、あるいは刺殺されあるいは逮捕・処刑された。その罰は係累にまで及ぶ。

金玉均以下捕縛を免れたものたちは、着の身着のままの形で日本に、諭吉のもとに亡命した。事変直後、諭吉は「朝鮮に独立党はなくなった」とまで断じた。

3　金玉均の「亡命」

逮捕を免れた開化独立派の金玉均、朴泳孝の面々が、十七年十二月、福沢邸に文字通り雁首を並べた。

彼らは公使の竹添や井上角五郎が脱出した船には同乗できず、わずかに九名での亡命になった。その他は未確認ながらも、すべて惨殺されたか、拘束・逮捕され、ただちに処刑され、その累《るい》は親族に及んだように思われる。まさに独立派は壊滅に等しい。

それでもこのとき、リーダーの金が、十年余の長きにわたって日本で亡命生活を余儀なくされるなどとは、まだ誰も想像だにしていなかっただろう。

「先生、すべりだしはしごく順調でした。まず王宮を占拠し、閔派の閣僚を粛正、国王を中核とする独立開化派の政権が発足します。竹添公使も国王（から）護衛の要請を受け、この新政権発足に参画していました。ところがすぐに清軍が出動したのです。王宮は完全に包囲され、王は奥に退かれ、竹添公使も撤退、わたしたちも公使のあとを追って逃れるほかにすべなしということになります。」

金のたどたどしい日本語を由吉が直せば、こうなる。

諭吉は率直に尋ねる。諭吉、このとき五十一歳、金は三十五歳。

「失敗の因は何かね。」

「資金不足が決定的でした。先生にもいろいろご助力願いましたが、日本政府や財界筋をはじめ、みな空約束におわりました。」

金党は、諭吉等の斡旋ルートを頼って日本政府だけでなく諸銀行、諸外国にも、借款、融資をもくろんできた。開化独立派の新政府がときをへず樹立することを強く匂わせてだ。ただ融資の「担保」は、まだ手中にない「新政権」、それが唯一ともいえるものだった。諭吉の目にも「空手形」同然に映ったのだから、他の誰にも「画餅」と思われても仕方なかった。

「日本政府、とりわけ公使館筋の後押しはどうでした？」

「……」

金は押し黙ったままだ。他の誰も言葉を発しない。彼らの表情には、日本政府に「裏切られた」という無念さと悔しさがにじんでいる。

「ことの詳しい顚末は、後日、詳しく書き記したいと思います。……」

話は当然弾まない。金や朴の焦燥した姿に、諭吉の問いかけも滞りがちだ。

「まずはご苦労さん。とにもかくにも開化独立の狼煙《のろし》はあがったのだ。この歴史事実は消えない。消してはいけない。乾杯とはいかないが、再起を期しましょう。」

諭吉の音頭でワインの杯はあげられた。まさに「苦汁を飲む」である。

金以下亡命組は、クーデタの首魁だ。当然、朝鮮政府の厳しい追及を免れるわけにはゆかない。日本政府は公式には「亡命」を認める形になっている。当面亡命者の生命と生活は「保証」される。だがそれもこれも日朝両国の交渉次第で、楽観視はできない。

もっとも読めないのは、独立派を完全に制圧し、日本大使館とその守衛隊を蹴散らした清国側の出方だった。

「すぐに隠宅を提供しよう。当分そこで鋭気を養ってほしい。とにもかくにも一息入れることが大事だ。

この諭吉、諸君の身の安全を図ることに全力を尽くすことをまず約束したい。」

諭吉のこの激励の言葉には一行を勇気づける重みがこもっている。

とりあえず、金等亡命一行はここ、諭吉の私邸に身を休め、やがて三田の義塾からさほど遠くない広尾の隠宅に匿われることになった。これは、いうまでもなく由吉の護衛下におかれることを意味した。

その金等が着いた、ことのほか寒さが厳しい夜、遅くだ。

風はなく、三田台の森に音もなかった。

珍しく、由吉のところへ諭吉がひとり訪れる。

つい先ほど井上角五郎から、亡命組と顔をあわす暇もないまま、日朝の修復をはかる交渉のため急遽朝鮮に赴く井上（薫）外務卿の案内人として、すぐにも東京を離れ、朝鮮に向かう予定だ、と諭吉は伝言を受け取ったばかりだ。

井上外務卿にはまずもって事変の核心をつかむ必要がある。現地案内と情報提供等の人材が欠かせない。その一員に角五郎が抜擢され、同行することになったのだ。

「総合すると、金の『暴発』というべきだろうね。」

諭吉が結論をまずいう。

「どうでしょうか？　金さんは、朴がいうように『謀略』を仕組める性《たち》のひととは思えませんが。ただし当初から『玉』をつかんで政権を奪取する体の宮廷革命だったことははっきりしています。その玉がこれまた化け物の類ですし、金党のバックがいかにも手薄だったようです。

立起には、日本の外交筋、とりわけ再赴任した竹添公使の口添えがあったことはまちがいないでしょう。その公使館筋、清が台湾をめぐる仏との紛争で手薄になり、朝鮮へ軍事介入するいとまがないと踏んだようですね。

金さんのほうでも、清（軍）が動けないこの絶好の機をつかんで、日本（軍）の支援を頼りに事大党の閣僚と軍頭部の排除に踏み切り、『玉』を手中にすれば新政権樹立は可能、と踏んだことは明らかです。」

「じゃあ金党の手引きで、公使館付の日本軍が先に動いたのか？」

「ええ、そう思えます。ただ後知恵になりますが、公使館や日本兵の動きは清の出先機関には筒抜けで、むしろ金の『暴発』を独立派一掃の口実にしようという清側の『謀略』の側面が強かったのではないでしょうか？」

「清、とりわけ李鴻章や袁世凱（1859〜1916）のやりそうなことだが。」

「その袁世凱に独立派の策動を耳打ちしたのは、王妃サイドでしょう。王妃がまず最初に閔閥政権を維持するため、清サイドに鞍替えしたと思えます。閔妃のほうが王より先を読んでいたということになります。」

しばし諭吉は思いを巡らすように見えた。かなり間があって、

「じゃあ、金たちは閔妃の動きを的確に読んでいなかったわけなんだね。」

首肯も否定もせずに、由吉が答えた。

「金さんは、失敗の原因に資金不足をあげました。

が、日本の軍と政府出先の援助を唯一の頼りに、クーデタを仕掛けたのですから、この政権転覆劇の結果は、万が一、成功裏に終わったとしても、日本と清の関係に新たな、回避困難な争いの種をまく結果になります。早晩、暗礁に乗り上げざるをえなくなります。

それに強く感じるのは、クーデタが成功し、朝鮮に対する日本支配の強化がなったとして、はたして朝鮮『独立』のためになりえたのでしょうか？　独立につながったのでしょうか？　はなはだ疑問です。」

諭吉は多少ことばの調子を上げ、断定する。

「日本の援助なしに、朝鮮の開化も独立もありえない。これは、これこそは動かしえない事実だ。」

常とはちがって、由吉がやんわりと反問する。

「そうでしょうか？　それに重大なのは、重要閣僚軍首脳の刺殺を第一目標として政権奪取が計画

されたことです。

その刺殺グループには、義塾関係者も加わっていたそうですから、これは軽視していい問題ではありえません。先生はご存じだったのですか？」

諭吉は苦虫をかみしめざるをえない。義塾関係といわれて、多少とも心当たりがあったからだ。

「もしクーデタが成功したとして、国王や金政権は、現在の日本政府とりわけ外交筋主導の下で、独立はおろか文明開化を進展させることが可能だったでしょうか？　たとえ可能だとして、王やましてや金が望む形のものになりえるでしょうか？」

ここで由吉は一拍おいて、ゆっくり問い質す。

「その場合、先生、朝鮮の独立は保たれるでしょうか？」

「保たれるとも、いや保たれなければならない。」

諭吉の口調には断固たる響きが込められている。

「先生はつねにそう主張してきました。でも開国と文明開化が日本政府主導の下におこなわれるのです。日本政府は、英仏米や露が日本に仕掛け、清が朝鮮に強いてきたような権力干渉をおこなわないでしょうか？　おこなわない、といえるほど現在の日本政府は賢明かつ柔軟でしょうか？」

やはりしばらく間があった。

「賢明とは断定できないだろうね。もし清がやってきたような隷属を朝鮮に強いるようなことがあれば、わたしとしては全力をあげて反対し阻止しなければならないだろうが。」

由吉は頷く。そのうえで一段と声を潜めて、いう。

「でも先生、朝鮮独立を第一とするような声が、現在の日本政府内にあるでしょうか？　わたしははなはだ疑わしいと思います。

政府外にあるでしょうか？　義塾内でさえ、言葉を憚《はばか》られますが、先生のほかほとんど見当たらないのではないでしょうか？

たとえ先生が朝鮮独立推進の先頭に立つとして、先生とそのご一党に朝鮮の独立を保証しつつ、朝鮮の要望にかなう支援を続ける力がおありでしょうか？」

諭吉の声からは断定調が消え、自分にいいきかすような調子に変わる。

「ある、と断じたい。が、『保証』は私の力を超える、といわざるをえない。……それでも傍観視はできない。『窮鳥懐に入らずんば』だ。それよりもだ。……喫緊《きっきん》の問題だ。まず金君たちの隠れ家だ。これは用意できる。資金援助だ。これも必須だが、こちらも『ない袖は振れぬ』状態だ。が、ここのところまでは私にでも何とか支援は可能だ。

だが独立派の再起を後押しするとなると、はなはだしく困難だといわざるをえないね。……しかも君がいうように、再起を後押しすることが正しいかどうか、道にかなっているかどうかも、検討が必須だね。」

それでも諭吉はふたたび語調を改め、いう。

「まず肝要なのは、当面、迂遠だと思えるだろうが、朝鮮国内での啓蒙活動、特に新聞（漢城旬報）の復刊と英語教育の続行だ。

これが諭吉本流の処方で、朝鮮内に、開化独立の火を絶やしてはならないという、義塾党の存念だ。だが現状を見るに、この二つでさえますます困難が増したように思える。

英語教育・普及のほうは、いままでもやってきたように義塾に留学生を迎えることで、ある程度補うことができる。だが、新聞再刊がうまくゆくかどうかははなはだ心細い。」

「でも、それもこれも日本政府と朝鮮政府の関係修復の『程度』いかんということになるのではないでしょうか。もちろん背後には清国との関係修復が控えていますが。」

由吉は、ここで一拍おいた。

「先生、この事変で最も重要なことは、何でしょう？

思うに、外国の資金と外国政府の支援とそして外国軍の介入を頼りに、『暗殺《クーデタ》』という手法で政権奪取をおこなったとして、さらに国の開化と独立が実行に移されたとして、はたして実現の可能性はあるのか、ということではないでしょうか。

むしろ今回のような資金も軍もすべて外国に頼る形の独立派の企てが、成功を見なかったことこそ、理の当然のようにわたしには思われます。これまで清丸抱えの朝鮮政権運営と同型といわざるをえません。

事実、事変の結果は、朝鮮国と国民の文明開化がよりいっそう険しい、茨の道を選ぶことになった、といわざるをえないのではないでしょうか?」

「……」

しばし沈黙があったのち、諭吉はいう。

「それにしても、金君が三十五、一人飛び抜けている。朴が二十四でともかく若い。金派の刺殺を免れた政府右営使閔泳翔でさえ、たしか二十五歳の若さだ。

そしていまや漢城のパトロンを気取っている袁世凱でさえ二十五だというのだから、みな驚くべき若さだ。そうそう、井上も同年だね。」

「でも先生、大政奉還のとき、竜馬さんが三十四、先生も同じ歳でしょう。問題は年齢ではないと思えます。

ただ、残念ながら、金党には、百戦錬磨の『悪党』とでもいうべき、岩倉卿や大久保さんのような人がいませんね。

それが若い、残念ですがグリーンという意味なのでしょうが。」

そして由吉は静かにだが厳とした調子でつけくわえた。

「先生をこの事変の『黒幕』とみなす見解が、朝鮮ばかりか、清、もとより日本でもすでに生まれていると見なければなりません。いえ残念ながら西欧列強のあいだにおいてもです。

先年の十四年の政変や開拓使払い下げ問題で、先生が反政府運動の『黒幕』と槍玉に挙がった二の舞になる恐れがあります。いえさらに陰で使嗾《しそう》する黒い幕ということになるやもしれません。」

この言葉を諭吉は、ただちに「否」、と断じることはできない。それほどに金党に朝鮮文明開化の望みを託してきたのだからだ。

その芽が摘まれたのである。

まずは新聞再刊を図る、さらに朝鮮に文明開化の推進部隊の芽を再び一から育てなければならない。

諭吉が江戸は上野の戦の下で、「戦いではなく学問だ」と塾生たちを前に講じたときの悲痛な叫びに似たものがこみあげてくる。

当時の諭吉には、亡命者の金とは比べものにならないほどの自由はあった。が、四面楚歌という点でいえば、戦場下にあった江戸で離れ小島同然の「義塾」に立て籠もり、戦火におもむく塾生のひとりひとりに戦場離脱を図らなければならないという孤立感のなかにあった。

諭吉はまず、みずからの身に降りかかった火の粉、「金派暴発の黒幕」という予想される最悪のシナリオをなんとしてでも断ち切らなければならないのだ。そうでなければ、独立派援助なぞといっても、空約束になる。

ならば断ち切る方途は何か。これがいまや諭吉の切迫問題となった。

4　井上角五郎の奮闘　漢城（京城）新聞復刊

暗中模索する諭吉に、ポッとひとつの灯がともった。それもすぐの、年初月なかばのことだ。

金等亡命者の東京到着と入れ替わるようにして、井上角五郎が政府代表使節井上全権大使（外務卿）の案内役として朝鮮に渡る。もちろん諭吉の内意、新聞再刊の機縁をつくることも含まれていた。

漢城に着くと、まず角五郎は、朝鮮政府に、諭吉が金玉均事変の「黒幕」であり、井上自身も「黒幕」の「手先」であるという「世評」を覆す弁明にこれつとめた。端的には、諭吉も角五郎も、事変に直接にも間接にも関与せずという言明だ。この「弁明」は日本政府の意志とも重なる。

これが通らなければ、諭吉も角五郎も当面朝鮮での立ち位置はなくなったも同然になる。新聞再刊も泡と消える。同時に日本政府の立場も悪くなる。

ところが、この弁明が功を奏したというべきか、角五郎は朝鮮政府内で新聞再刊の支持をえることに成功し、諭吉の最大希望がまず通ることになったのだ。望外の、しかもアッという間もない「達成」に違いない。

さらに角五郎は、自己弁明とともに、日本政府代表井上外務卿の代弁役もこれ務めた。

その筋はこうである。

「暴発」は日本公使館ルートと金等暴発組とのボタンの掛け違いにあった。その掛け違いの因はこうだ。

日本公使（竹添）は国王から新政権発足を祝う儀への招聘を受けた。ために友好国の出先官として宮廷に参じたにすぎない。ところが折り悪く清軍砲撃に遭遇することになった。だから公使ならびに日本政府は、むしろクーデタ騒ぎの巻き添えを食った被害者である。

日本軍が軍事介入を図ったなどは、事実を直視しない、論外の暴言にすぎない。また朝鮮政府を軍事制圧するだけの軍力を、そもそも日本は朝鮮内に扶養すべくもなく、日本から派遣したという事実もない。したがって、日本の出先機関は、その護衛・駐留兵力を含め、まことに遺憾なことだったが、清国軍の一方的な攻撃に対し、我が身一つ同然のありさまで、漢城から仁川に待避し、砲撃を被るなか日本に命からがら帰還せざるをえなかった。

それに大使館筋は、金等亡命組たちとはまったく別行動であり、帰還する船も別々だった。

井上（角）は、こう主張・弁明し続けた。ここで、後年、政財界で辣腕を振るうこととなる角五郎の片鱗が存分に発揮されたとみていいだろう。

もとより日朝の関係修復には、井上薫全権大使・外務卿の外交手腕に負うところが大きかったが、それもこれも朝鮮情報通で人脈のある角五郎が大使のよき案内人としての役割を果たしたからこそだ、といっていい。

ほどなく一月上旬、日朝「講和」（漢城条約）がするするすると約され、その月末に『漢城周報』が発刊される決定があった。

この陰の功労者とでもいうべき角五郎が、同じ年の四月、母親の死去で郷里（広島県福山）に戻り、足を伸ばして東京の福沢邸に滞留した。大きな土産をもってだ。

「先生、何とか復刊なりました。

紙名は『漢城周報』と改まりましたが、発行元は博文局（政府機関）、官報を兼ねる点では『漢城旬報』と同じです。それに紙面は漢文、日本式漢文ですが、早急に諺文《ハングル》も組み込む予定になっています。

そうなると先生が強く望んでいたように、より多くの人が手に取りやすくなり、文明開化路線を一歩進めうると思います。」

角五郎の満面の笑みに接した諭吉である。

「まずはご母堂のこと、深くお悔やみ申し上げる。ご苦労なことでした。落ち着きましたか。

それにこのたびは再びのお手柄だった。こう万事順調に運んだのには、どんな手品があったのかな。」

「いえ手品などありません。まったくもってです。

金党の予定では、武装した清国兵が乱入して、パーティに集まった軍幹部や保守派閣僚を手当り次第に刺殺するという筋立てでした。この清国兵はニセモノですが、その最初の犠牲に閔泳翊がなりました。でも、幸いなことに泳翊は死ななかった。これが当方にとって最初の幸運でした。

彼は閔派の若きリーダーであり、閔妃の信任も厚い強固な反大院君派です。しかも清派事大党の閣僚と軍頭部がほとんど刺殺されてしまったのです。閔派、とりわけ若手のリーダー泳翊にとっては、望んでもえることの難しかった政治環境が生まれたというべきでしょう。

王は、金の進言を受けて、日本公使を傍近く招き、いわば日本政府『承認』のもとに新政府樹立を宣しました。これは周知の事実です。でもこのときすでに、宮廷は袁世凱が指揮する清国軍によって包囲され、攻撃を受けていたのです。

対して、金は、日本兵の出動を要請しましたが、清軍の介入に驚いた日本公使に逃げ去られてしまいます。

かくなれば金には日本を頼って王宮から脱出をはかるべきだと王に進言する他なくなりましたが、これはとうてい聞き入れられるべくもなく、王も王妃に袖を引かれて宮廷奥へと入られたので、金派は、万やむをえず自ら血路を開かざるをえなくなります。」

「じゃあ、金たちは、清国の名をかたって暗殺兵を動かし、竹添公使を新政権樹立の証人に仕立てあげようとしたということになるね。

そうすると清軍が出動し日本公使館を攻撃したというのは、清側からいえば、すべてお見通しの謀略に対する反撃で、日清の修復は日朝関係よりはるかに困難になるのだろうね。

伊藤（博文）さんもさぞかし苦労するだろう。」

「仕方ありません。竹添公使の言動の裏には、伊藤、井上公の内意があったというのが私の推測です。」

「そうか。……

でもまさか君がそのような憶測を公言しているわけではなかろうね。出先機関では軽率な言動が、思いがけない軍事介入や衝突の呼び水となるケースがよく起こる。それに君の身に危険も及ぶ。

日本公使館にも軽率かつあやふやな言動があったやと私も聞いている。ただしこのたびの異変は、日本政府の画策によるなどという憶測が飛び交うと、大事になることまちがいないからね。」

「とんでもありません。わたしは、日本でも、もとより朝鮮内でも、先生の内意を実現すべく、言動には慎重にも慎重を期してきました。だからこそ、独立党の反乱があったにもかかわらず、日本人のわたしを、実績があったとはいえ、実質上の編集トップにすえる新聞発行がすぐに認められたのです。

それに、日本内いえ『時事新報』内でさえ通用している、閔泳翊を保守派の頭目とみなす意見などは、大きな見当違いだと思われます。閔氏からは新聞再刊でも力添えをもらうことができました。」

諭吉はうなずくほかない。角五郎の語調が一段と強くなる。

「先生、事変後の朝鮮政府はかならずしも一枚岩ではありません。たしかに事大党つまりは清党色は強まりました。大きく分けると、保守三派になります。

一つは清党に鞍替えし、現に政権を独占している閔（妃）派です。

二つは、北京に留めおかれている大院君の帰国を望む正真正銘の鎖国派です。

そして忘れてならないのは、保守派にはこの対立抗争する二派とはニュアンスを異にするグループがいるということです。たしかに現局面では清国（軍）の支援と監視を受けいれています。でも朝鮮の国家独立と文明開化をかならずしもこばまない、その意味で日本の協力も取り付ける用意があるという穏健開化派です。このグループを一律に事大党と括ることはできません。

このグループの若きリーダーが、先生も一度お会いになっている閔泳翊で、王妃の甥でもあり、わたしと同じ歳です。」

「じつに若いね。

たしかにそういわれれば、閔泳翊というのは、朝鮮が日本に国を開いた条約のとき、謝罪使節の一員として、わが家を訪れている。そのとき写した写真も残っているはずだ。

だがそんなに若いとは思えなかったな。」

「そのとき泳翊は使節団長でしたし、先の事変では四営使の一人で、暗殺の第一標的になりました。だが鎖国政策を望む大院君が清から帰国するのを強く拒むだけでなく、閔派内部では清はもとより日本との協調姿勢を維持していこうとしている穏健派です。もっともこれは私の見立てですが。」

ここで諭吉が口をはさむ。

「だが閔泳翊と金玉均が同一線上を歩むという可能性はないのだろう。」

「その通りです。ありえません。

が、朝鮮内で金独立党の生きる道は、閔（王妃）と大院君の両派が共倒れにならないかぎり、現局面では見つからない、こう断言できます。

ここが肝心なことですが、金のクーデタが国王の名を騙《たばか》って朝鮮を日本に売り渡そうとした恥さらし行為だという声に、ただいまのところ朝鮮国内で抗弁できうる余地はありえません。」

この角五郎最後の意見には、現状認識として諭吉も耳を傾けざるをえなかった。

だが角五郎の意見は意見として聞くに留めざるをえないのも事実だ。

いま重要なのは、「意見」ではなく「情報」である。これは、角五郎にかぎったことではない。諭吉自身も、意見と情報の間に、重大な齟齬が存在しているように思えて仕方ないのだ。

みずからの意見で、情報を裁断すること、これは避けなければならないという思いがようやく諭吉の心を落ち着かせる。

いずれにしても、いかなる問題でも「修正」を恐れてはならない、「朝令暮改」もありうる。大目的達成のためにはだ。これが諭吉のかわらない筆法《マナー》である。朝鮮問題いかん、このときもそうだった。

事件簿15　金玉均、暗殺されるの巻　「脱亜」論への道

1　「朝鮮に日本党なし」

明治十七年（1884）、五十の大台を迎えた年の暮れ、諭吉は朝鮮事変《クーデタ》の件で、事変勃発当初からさかんに発言しなければならなかった。

日刊『時事新報』を発行し、「情報」を広く世に知らせ、説をとなえ論をはる言論人として当然なことだ。「新聞」こそは諭吉が日本と朝鮮両国でかかげた、文明開化推進の最新鋭の武器、もっとも頼りにしている旗《フラグ》である。

また諭吉とその人脈が、この事変に直接間接に深く関与しており、外野席からの発言ではありえなかった。発言には当事者意識も含まれること、否めない。各人各様、細部まで微妙に異なったが、

諭吉自身にも細心の注意が払われて当然であった。

ただし、諭吉は一貫して「官民協調」である。言論とビジネスそれに政治の立場は、「民にあって、官に資するためにもの申す」という姿勢で、民にあって官を下支えするの類ではない。「不偏不党、中立公正」と似ているが、同じではない。

だからときに「官」（領域）におのずと足を踏み込む仕儀となり、なんどか「甘い汁」に与《あずか》ることもあったが、過半は「苦汁」を嘗める羽目に陥ってきたりもしたのだ。時事新報発行こそが、まさに苦渋の選択、十四年の政変で伊藤博文の奸計にはまった結果でもあった。

そしてビジネスの「立場」からみれば反するが、「読者に媚びず」を旨とした。ときに、否しばしば、時事新報社員にさえ反する立場を持さなければならなかった。朝鮮事変で試されたのは、諭吉自身の新聞人としてのありかただったといっていい。

ただしだ。一見して、諭吉は「羹《あつもの》に懲《こ》りない」、無為のまま黙って通り過ぎることができない質の人間なのであった。

これこそ、時々刻々と変化する事柄をとりあげ、判断し、論じる新聞人《ジャーナリスト》の特徴であり、誤りを避けてとおることが難しい「通弊」というべきものだという自覚が諭吉にはあった。「金甌無欠《パーフェクト》」を望む人は、時流にかかわる人、とりわけ新聞人になってはいけない。

それが諭吉のつねに変わらない立ち位置で、「晩年」をむかえつつあった諭吉にとって、朝鮮事変はとりわけ痛切な「事件」だったのだ。

しかも諭吉は、当事者そのものではないが、金グループを強力に支援する一人であった。そのなかの一人というのではなく、朝鮮独立党の最大の精神的支柱であり、さらに朝鮮国でも日本でも金党「黒幕」であると指弾する「世評」が存在していた。諭吉の論説には、流言飛語も含まれる風説に抗するためという、私的動機がはたらいていたこと否めない。

ただし諭吉を動かした主因は、朝鮮をはさんだ日清の政治軍事経済さらには文化問題であり、事変の「主犯」は清であること疑いないという認識だ。

その最根底にあったのは、諭吉独自の言論人《ジャーナリスト》問題、東アジアで、とりわけ日清朝で文明開化をどう進めるかであった。

焦点は、朝鮮の「独立、是か非か」だ。諭吉は「是」を貫こうとする。これは事変勃発以前も、以降も、変わってはいない諭吉独自の立場だ。

まだ事変の情報が錯綜しているときだ。「朝鮮国に日本党なし」（明治17／12／17）という刺激的な表題の社説が時事新報にかかげられた。

一見、朝鮮政府にもその国民にも、日本を支持する勢力はまったくなくなった、というように読むことができる。だが焦点はそこにはない。社説はいう。

事変の根本にして中心の対立点は、朝鮮の「独立」問題だ。文明論でも開鎖論でもない。清国が朝鮮を政治・軍事的に干渉し、隷属支配している。朝鮮は、清国の軛から自立しないかぎり、金党が事変で問いかけた課題に答えることはできない。これだ。

この「社説」（諭吉）の主張は、同時に、日本政府と日本人に対するきびしい問いかけを含む。すなわち。

日本政府と日本人は、朝鮮に向かって清国に取って替わる地位を求めてはならない。日本と朝鮮は、あくまでも独立・対等関係を構築すべきだ。

だから、なるほど朝鮮に清国党がある。だが朝鮮に日本党など存在したことはないし、存在すべきでもない。金氏朴氏の独立党を「日本党」と呼ぶのは、正しくないし、独立党に対しても非礼だ。金氏らは日本（支配）の代弁者、追随者ではない。金氏らは日本が朝鮮を清国に代わって制御することをけっして望んではいない。清国支配に甘んじて政権を私している事大党を「清国党」と呼ぶのはいいが、朝鮮にはもともと「清国党」に対する「日本党」などないのだ。ましてやあるべきでもない。

その同じ夜、この社説を持参し、由吉が諭吉の自室を訪れた。稀なことで、いつになく興奮気味だ。

「先生、この論稿、目が覚めるように、論旨が明確ですね。朝鮮に清国党がある。清国に従属して政権を維持する事大党だ。だが朝鮮に日本党はない。金独立党は、清国はもとより日本に従属することを望まない。これです。『征韓論』以来変わることのない先生の持論で、これ、金・朴さんたちをどれほど勇気づけることか。」

「そうなってくれることを望むね。

が、私の主眼は、やはり日本政府の出方にある。その次第で、亡命グループの運命がおおきく決まる、と思うからだ。

ただし『独立』が朝鮮に可能か否かとなると、ことは単純明快ではない。現状を見るに、絶望と断ぜざるをえないが。」


少し間をおいて由吉が言葉をつなぐ。

「先生は、朝鮮で独立党が姿を消した、と言外に断じているわけですね。この紙面に語られていない事実が、論旨明確の根拠というわけですね。」

「ま、誰にしろそこまでは書くことはできないだろう。それに敗北直後だ。金君たちの思いにただちに冷水を浴びせるわけにはいかないしね。

だがいま現在、朝鮮の独立が『火花』で終わるかどうかの瀬戸際に立たされているということはまちがいない。たしかに冷静に観ればクーデタは火花には違いなかったが。」

「それでも、隣国朝鮮の文明開化推進への支援を続ける、それが先生の、そして時事新報の役目であることに変わりはありませんね。」

このとき、一瞬だが諭吉の表情が緩んだ。苦笑いに近い。

「なにが幸いするかわからない。

この事変の報道で、時事新報の売れ行きが倍増した。看客《どくしゃ》の反響もいい。このまま進めば借金返済のめども立ちそうだ。」

諭吉が皮肉と自嘲を込めてこういう。

どこにいて、なにをしていても、諭吉は義塾の維持をはじめとした事業《ビジネス》のことが念頭から離れない。この点、諭吉は同世代の岩崎彌太郎や、渋沢栄一、それに五代友厚と変わるところがない。ビジネスの化身で、その中身が異なるだけだ。

もちろん、人格という個人にまとわりついた習癖にかんして、諭吉は岩崎ら三人とは正反対といっていいほど異なる。とりわけ諭吉は男女対等論者で、「蓄妾」廃止論者だ。「夫婦」あるいは「男女」を「別」とするが、この「別」に従属関係を見ない。置かない。まさに『論語』で孔子が説くごとくだ。

諭吉は「腐儒」を排するが、孔子の儒を心性《モラル》としている。論においても実においてもだ。

とはいえこの夜、由吉が辞すと、諭吉はいつものように懐手をし沈黙したままだ。寒さが身のうちに侵入してくるが、酒は遠ざけている。

〔なおこの社説（「朝鮮に日本党なし」）は、『時事新報』各所にも登場する、この事変で重要な役割を演じたと報じられた閔泳翊（1860〜1914　刺殺と誤報中）を、事大主義者だが「文明改進を嫌忌する固陋家に非ず」と述べている。角五郎の泳翔観を採ったのだろう。

閔は、閔閥戚族の重要人物で、壬午軍乱事件（明治15）後、朴泳孝や金玉均とともに、日朝修好を促進する朝鮮使節団（修信使）の一員として来日し、諭吉にも会った開明穏健派の一人、若手の中心人物であった。それに徹底した反大院君派だ。閔派も一色ということではない。〕

この夜から二月ほどのちのことだ。由吉は社説「朝鮮独立党の処刑」（明治18／2／23　2／26）を読んですぐ、娘の由江を呼んだ。

社説を示していう。

「ゆっくり読んで、そのうえで、重要な箇所を三点あげてみなさい。その読みいかんで、おまえの独り立ちを認めるかどうか、決めよう。」

由江の表情からは、緊張したさまを見いだすことはできない。

自信満々の体というわけではないが、受けて応える、結果は次第、つまりはことの事情による、というもので、こわばったところはない。この点、父親の流儀《マナー》をおのずと受け継いでいるようだ。

由江は、二度ほど通読した。特に時間をかけたという様子も見えない。

由吉は、由江を目の前に据え、鉄砲洲の中津藩中屋敷の邸内にあった諭吉の家塾をはじめて訪ねたときのことが、ふっと頭をかすめた。あれから二十年余が過ぎたことになる。

目前に正座し、論旨は明確だが、かならずしも簡単に読解できない諭吉の論稿を読んでいる娘を由吉は俯瞰で見ている。目を細めてだ。

すでに十八歳、父に似ず身の丈五尺に満たなく、細身だ。それに女である。が、父から天真流の体術すべてを倣い、おぼえ、諭吉と義塾から（直接的にではないが）学殖見識の中核を学びつつある。

天真流とは武術の一派だ。由吉の生まれ故郷、上州利根川沿いの福沢村の私塾で、師岡雪道から手ほどきを受けた。丸八年、由吉九歳から十六歳までの時期に当たる。

この青年が、利根川の向こう岸で孤剣を振るう松木弘安（のち外務卿になった寺島宗則）とであうことになった。奇縁というより宿縁に近い。直後、諭吉と邂逅《かいこう》することになるからだ。

弘安は、薩英戦争の船奉行（薩海軍トップ）で、英艦の捕囚となり、ひそかに釈放となったため、藩はもとより幕府からもスパイ嫌疑を受け、船奉行副官五代才助（のちの大阪財界の巨頭、五代友厚）とともに、利根川の寒村奈良村に潜伏中であった。

この弘安の密使として由吉が、江戸の鉄砲洲中津藩中屋敷で英塾を開いていた諭吉に伝言をつなぐ役を受けた。ここから福沢諭吉と同じ呼び名の福沢由吉との数奇な出会いがはじまる。

由吉はこのときいらい諭吉の陰というより、半身といえば大げさになるが、手足として存分な活躍をしてきた。現在、由吉はまだ若々しく強壮だが、すでに四十歳に達している。由江は、その由吉が京で坂本竜馬暗殺の次第を探索中にであった幸との子で、奇しくも新政府誕生の年に生まれた。臨月の幸が由吉に伴われて、摂津の奥の奥、能勢村から江戸に下って、すぐのことだ。

天真流の由吉は諭吉と出会って、はじめて実戦におよび、それ以来負けたことがない。ここがこの親子の決定的なちがいだ。しかも由吉は十六ですでに師を凌ぐ技を習得していた。娘と師である父との優劣を比較するのは、およそばかげている。だが、あえて同じ十六歳時の由吉と由江とを比較するなら、男女の違いを無視すれば、遜色ない、と由吉には思えるほど、由江の技は鋭くかつ的確だ。

父と娘の術法の違いは、父があくまでも受け身の術に徹しているかに見えるのに対し、娘はいささか踏み込み度が強い。これは体格や体力の違いからもくるのだろうか、それとも性格か、世代の違いからか。そのいずれも入るのでは、と由吉は納得しがちになる。

もっとも違いが顕著なのは、学識で、娘のそれは義塾を介したものだが、なまなかのものではない。英漢朝語の力はすでに父を超えている部分がある。由吉にはそう見える。

由江は、この社説（二回分）を二度読み、父を直視して、おもむろにいう。

「一、強者は粗暴で、弱者は非暴力であるとはかぎらない。なぜか？
二、文明の勝算は、僥倖にではなく、数理に基づく。なぜか？
三、事大党は、独立党をその係累に至るまで、根絶やしにするを目して処断した。これは強者の処方ではない。清国の威を借りた、弱者の処方だ。
四、だが一国あるところ、独立を求めるのは、自然、天与の理であり、力だ。朝鮮から独立の火を消すことはできない。
よくよく考えてのことではありませんが、四つになりました。」

由江は、「四つになってしまった。」とはいわない。

「なぜ四つなのか？　三つに収めることはできないのか？」

「できるとは思います。一と二をあわせる、あるいは三と四をあわせる、によってです。でも、一の道理は簡単ではありません。強者は戦います。ただし強者と戦う。これは少数者のあいだの戦いです。

弱者は戦いを好まない。だが圧倒的多数だ。戦いのチャンスは圧倒的に多い。チャンスがあれば恨みを晴らすために、殺人をさえあえて犯す。これが実状だと思います。」

「じゃあ、文明をもった強者が、強権や怨念によってではなく、数理によって国を運営するのがベストだと、諭吉先生は主張しているということなのかな？」

由江はゆっくりだがしっかりとうなずく。

「二で難しいのは、強権のありようです。

国に強権は必須です。国権です。朝鮮はもとより日本も、現在ただいまのところ、国権縮小ではなく、拡張がなければ、独立も自治も難しい。

『富国強兵』、これが先生年来の主張です。日本に限らない。列強でも朝鮮でも変わるところありえません。

だからこそ、国権も、強弱に関係なく、数理によって発動すべき、というのが先生の意見ではないでしょうか?」

由吉の表情は、いささか複雑なものに変わっている。

「三は、事大党の処刑の実態を語る部分です。この無比な惨状を丹念に示さないわけにはゆかないでしょう。」

「たしかに日本政府と朝鮮政府のちがいは、国権がどこにあるのかのちがいだ。日本は日本政府にある。朝鮮は清国にある。だから強権発動をどこで止めたらいいのか、の基準、数理、法が、朝鮮政府にはない。あるいはなきに等しい。」

「ですから、今回のような非道無法な挙に出た処罰のありかたは、清国の力と意を頼りに権力を私している、独立と自尊の両方を失った事大党の弱さの表現であって、文明ある強者の振る舞いではない、ということになります。

それを先生の言葉に直せば、『一国独立』は、『一身独立』と同様、『自然』、天与のものであり、水が高きより低きに流れるように、押し止めることはできないという、文明開化論の核心ということになります。」

由江はもう一度諭吉の社説部分に目を当て、じっくりと読み通した。そして明るい目で父由吉を見つめる。

「お父様が先生に心酔なさっている項目が、全部出てきています。

先生はことのほか、一国独立を強調しています。最近時事新報紙面を賑わしている朝鮮清国排斥敵視一辺倒の論調とは、かなり違いますね。」

由吉は、一語一語を区切るような語調で対応する。

「先生は時事新報記者誰彼の筆を、先生の考えや意志によって、一律統制しようなどとはしていない。それが新聞であり、新聞を主宰する社主たる者の本領でもある。

しかし、否、だからこそ、政府や世間から、時事新報の読者にさえ、疑問を抱かれる因でもあるだろう。

もっと重要なのは、一国独立の実質だ。朝鮮は清の属州である。いな半島全体がシナに軍事圧迫され続けてきた。だがその歴史こそが王権と事大党の権力基盤でもある。独立派に対する弾圧は負け犬根性で染まった発作《ヒステリー》に似ている。

この点こそ、朝鮮の文明開化を望み、一国独立を支援しようという諭吉先生が、最大限に苦慮しているところなのだ。」

娘は父の言葉をもっと聞きたいという表情を隠さなかったが、由吉はここで小さく息を吐き、

「では、明日から、金玉均氏の護衛役を命じよう。もちろん隠密裡にだ。いうまでもないが、これは諭吉先生のご下命ではない。もちろん父の代役としてでもない。もしおまえに躊躇するところが少しでもあれば、断るがいい。

わたしの気持ちは、おまえの創意と工夫で可能なかぎり金氏を見て、守ってほしいだ。できるだろうね。」

「やらせてもらいます。」

娘はまっすぐ頭を立てて、はっきりと言い切った。


ふたたび時間を二月ほど巻き戻さなければならない。明治十七年(1884)十二月十八日(以降)にだ。

諭吉が、朝鮮事変直後、命からがら東京に帰着した井上角五郎と顔を合わせ、角五郎からえた現地情報をフルに活用することが可能になり、はじめてこの事変の「事実《ファクト》」を、ことの顛末を含め、拾い集め、確認し、おおよその行く末を予測することができるようになったのだ。

ただしこの段階でもまだ独立党とその人脈が根こそぎ拘束され、弑逆されるという悲惨な結果に

ついて、正確な情報がもたらされたわけではなかった。独立派によって最初に「刺殺」されたと報じられた閔泳翊が存命であるという事実などもまだつかまれてはいない。

帰京した角五郎の表情に疲労困憊の痕跡は残っていた。だがむしろ、敗北感というよりは「なにごとか」をなしとげたというある種の高揚感、そしてなによりも窮地を脱し故国にたどり着いたという安堵感が漂っている。


「まずなによりも君が無事でよかった。

帰着そうそう、大変なことと思われるが、こちらの新聞もまずは事実固めをしなくてはならない。そこで君のいっそうの働きが期待される。ひとつよろしく頼む。」

「心配をおかけしました。金さん等中心メンバーが無事だということを知ることができて、ひとまずは安心いたしました。不幸中の幸いというべきです。

済物浦《さいもっぽ》で着の身着のままの金さん等に、ともかくも船を斡旋し、脱出さしえた甲斐がありました。」

「ご苦労なことでした。……」

角五郎、義塾を出ている学徒だ。とはいえ、郷里の広島で師範学校を出る前後、それも十代ですでに教鞭をとっている。それに諭吉の書生でもあった。

中津出身の小幡篤次郎や私設秘書の由吉とは違う意味で、彼もまた「身内」のひとりなのだ。

それに、義塾のなかではまだランクは低いものの、米国留学している諭吉の二人の子息、一太郎と捨次郎の「家庭教師」でもあった。重ねていえば、土佐の後藤象二郎（元参議）の「秘書」役（書生）をも買って出ている。多才というわけではないが、万事に機敏である。

朝鮮での働き、とりわけ『漢城旬報』の成功はいつに角五郎に負っているといわなければならない。


「この事変は、金派が『仕掛』たクーデタで間違いなかろうね。」

「その通りです。いったんは『成功』し、政権を手中にしたかに見えました。でも金派の動きが最初から清国筋に筒抜けのようでした。」

「エッ、そうだったのか？　なぜかね？」

「……。理由は判然としません。

ただし清国兵の包囲網は、いつになく迅速かつ組織的で、誰にしろ逃げのびるのがやっとのありさまでした。

クーデタ派にとって、清国の強力介入は予測の他というか、……。

それに国王を擁してさえいれば清兵が王宮に乱入することなどない、という観測だったように思えます。

金氏の不決断も響きましたね。

王が清国軍の介入を知って、王妃のいる奥へ引っ込もうとするのを、身を挺してでも引き留める策を講じることさえできなかったのですから。」

「クーデタ当日は、郵政局開局の祝宴で、主催者で局総裁の洪栄植は金派の一員と目されていたんだね。

外国の要人も多数出席していただろうに、無防備な事大党閣僚や軍のトップを刺殺して政権転覆・奪取を図るなどとは、ひどく杜撰かつ粗暴な計画だったように思えるが。」

「ええ、……ですがそれだけ独立急進派は切羽詰まっていたのだと思います。」

「切羽詰まっていたといっても、クーデタをおこす理由になるだろうかね。

事変の根底にある対立は何だったのかね？」

「事大・清国党と開化・日本党の対立に相違ありません。」

すぐに諭吉の目がつりあがったように角五郎には思えた。


「つまり、清国党と独立党の対立の根元にあるのは、『清』か『日本』か、『事大』か『開化』かということでいいのだね？」

「ええ、わたしたち新聞の主たる目的が、朝鮮の文明開化の機関車となることです。事大党に対抗するという理にもかないますし……。」

「その通りだといいが、……しかし文明開化のそもそもの目的は何かね？

『一身・一国立』のほかにあるのか?」

「ええ、ええ、……金党が最重要としたのは、朝鮮の独立です。

独立を果たすためには文明開化が必須であり、文明開化を推進するためには独立派の政権が必要だということです。」

ふたたび諭吉の太い眉が縮み、あがる。

「ここでまず第一にはっきりすべきは、朝鮮における清国党と日本党の対立が朝鮮の『独立』是か非かということだろう。

清国政府の一貫した政策は、いままでどおり、朝鮮を隷属状態に置くことだ。それをおいてない。ために朝鮮の文明開化は、たとえどのようなものであれむしろ邪魔になる。

日本政府は、朝鮮が清国から自立することを是とする。そのためには朝鮮の文明開化にも手助けする。

だが、わが政府はその朝鮮が日本から独立ないしは自立することを歓迎するだろうか?」

「単純に歓迎しはしないでしょう。でも、清国の隷属を脱することは、日本政府にとって歓迎すべきことでしょう。少なくとも文明開化にとっては、です。」

諭吉は、詰め将棋を解説するように、だめを押す。

「朝鮮が体面上独立をはたしても、日本の政治・軍事・経済援助のもとにあることを、はたして朝鮮王室や政府、それに朝鮮人多数は歓迎するだろうか？」

「歓迎しないでしょうね。明らかに。

それほどに朝鮮において強国清につきしたがっている方が安全であり安心であるという『事大主義』が強固だ、というのが私の実感と経験にもかないます。」

「なぜ朝鮮が日本の援助や保護の下に身を置くことを歓迎しないのか？　これはかならずしも難しい問題ではない。

だが重大なのは、君も知るように、朝鮮が嫌悪するところのものは日本の風下に立つということで、その抗・排日感情は清に隷属する反感より何倍も強いという動かしえない事実だろう。

それもこれも長い歴史経緯のなかで固められてきたものだ。

そうだね！」

角五郎ははっきり頷き、諭吉が続けた。


「二つ目の問題だ。

清国は、中央すなわち宮廷・行財政・法律の各部局がそれぞれバラバラでまとまりというものがなく、各地方もまた軍閥・経済・風習が寸断されて一体性に欠けている。

皇帝と帝室は存在するが、まさに分断国家だ。

その清国に隷属している朝鮮は、実質、宮廷北京にもっとも距離が近い、北洋閥の李鴻章とその代官袁世凱の手の中にある。この李こそが、軍・海軍と政治・外交と経済で洋務運動、すなわち開化政策を推進する、わが国でいえば幕府閣僚の故小栗忠順《ただまさ》氏のような存在だといっていいだろう。

ところが朝鮮の事大党こそ、清の洋式化つまり文明開化である李将軍の改革にもっとも嫌悪と侮蔑感を示している最大勢力だ。彼等には、まとまったひとつの政治理念や政策はない。政体も軍制もさらには法も、すべて『守成』すなわち旧態然がいいというもので、まさにわたしが『腐儒』とよんだありかたを望んでいる。

だから李鴻章すなわち目先の清には面従するものの、腹背に徹するというわけだ。しかし、これこそ彼ら両班《ヤンパン》、士大夫階級《エリート》の共通の心性、われらこそ儒教精神の本筋だという意識であり、清国人を心中深く軽蔑で迎える当ものだから、じつにやっかいなのだ。」

「たしかに、先生のいわれるとおりです。

ですから開化独立派の人々といえども、じかに対面対話して気づかざるをえないのは、日本の文明開化は心を失った、西洋に屈服した非儒のあり方ではないかという、日本人に対する独特の二重感情《コンプレックス》でした。日本に対しても面従腹背ありです。」

「ではもうひとつの問題だ。君なら金氏をはじめとする亡命グループに、どう対応すべきだと思うか?」

一転、諭吉は語調を和らげて、角五郎にただす。

「私ごとでいえば、一にも二にも物心両面で、政府にかぎらず私たちも最大限支援すべきこと、いうまでもありません。

ですが、はっきりいって、私の思惑や力の範囲外にある事情というものがあります。

クーデタで虐殺された閔派閣僚等の深い遺恨はとうてい消えません。

それに、金派に出汁《だし》にされたという国王の怒り、おそらくは外面上の嫌悪感を消すことは容易じゃないでしょう。

誰がなんといっても、この二つの恨みと怒りの感情は時間がたったからといって、簡単に消えるものではありません。

おそらく閔閥政権は、事大党を巻き込む形で、まずは大きな怨念の火花をあげる儀式にすぐに着手するにちがいありません。開化独立派の根こそぎの粛正ですね。

もちろん亡命派には誅殺でもって報いようとするでしょう。とりわけ金玉均虐殺は至上命令となります。」

わかりきった結論だが、諭吉には言葉が出ない。言葉で応えるしかない、という思いがつのりつつもだ。

この夜から二十日あまりののち、朝鮮では独立党（およびその類縁・関係者）の処刑が断行された。諭吉の恐れていたことが事実となったのだ。

諭吉は社説（連続二回）で言葉を尽くして書いている。その独特の筆法に諭吉の面目が現れているが、この社説には、この時期、時事新報を発刊停止に追い込んで社説掲載を見合わせなければならなかった一直線の対朝、対清強硬論とは原理的に異質な、諭吉独特の、総じて他紙ならびに「世論」と異なる論点を見いだすことができる、と由吉には思い量ることができた。

2　金玉均を護衛する

明治二十一年（1888）八月四日、午後三時すぎのことだ。

煤煙を四方に振りまきながら、札幌駅仮設ホームに列車が滑り込んだ。蒸気をはげしく吐きながら、ブレーキのきしむ音が構内に響き渡る。

いつものようにおおぜいの出迎えがあった。ただこの日は報道関係者の数が多少おおめだ。そのあいだを縫うようにして、姉さんかぶりで細身の若い女が背に担いだ風呂敷荷を胸に抱えなおし、ゆっくりと改札口を通り抜けた。

プラットホームに立つ人たちのほとんどは、一人の男が乗車口から降り立つのを待ち構えている。そのだれもが多少の緊張感を隠せない。ただし政府要人や外国人が、隔日のようにこの駅に降り立つ時の華やいだ空気とは異なっている。

護衛する男たちに囲まれるようにして、褐色の山高帽を長い顔にのせる文人然とした和装の男が降りてくる。細身で血色はあまりよろしくない。報道陣のなかから、かなりはっきりと、「金玉均《キム・オッキュン》だ！」という声があがる。そうよばれた男の前に路が開かれ、この亡命者は立ち止まることなく無言で改札口を出て、一瞬肩で小さく息を吐くように見えた。

札幌、北の新都だ。駅舎を背に馬車道がまっすぐ南に伸びている。広い。それも真ったいらだ。

盛夏のまっただ中、だが汗ばんでこない。やわらかな風が金玉均の薄くのびた無精髭まじりの頬をなでるように通り抜けてゆく。

護衛をひきついだ札幌警察派遣の警邏《けいら》隊に囲まれているが、金は視線をまっすぐに伸ばし、ゆったりと歩を進めている。左右、前方、どの建物もま新しい。とくに駅前通りを一丁ほどいったところに聳える、完成まじかの北海道庁二階建て赤煉瓦を金の視線がとらえたようだ。警邏隊のあとを記者たちがのんびりと連なっていく。

駅からほぼ八丁、身辺警護の先頭を歩む男が一軒の小さな旅籠、吉田屋に金を案内した。すぐに警邏の一人が開け放たれた戸口を抜け、伝令に走る。四半刻ほどもすぎたか、出された茶を金が飲み終わったころだ。うながされて旅館を出ると、となりの建物に案内される。北海道仮庁舎で、廃校になった札幌農学校元女子校舎が転用されている。

ここで簡単に身辺調書をすませ、金の札幌滞在届（略式）が受理された。正式には、政治「亡命者」であって、咎人《とがにん》ではないが、「移送・拘留」扱いである。

この日の夕刻、

由江は、札幌を東西南北の十文字に別つ東端に位置する円山育種園官舎に身をおさめた金玉均を確認したのち、もと来た道を五丁ほどゆっくりと戻り、一軒の宿屋に身をおさめた。山形屋だ。改築後の豪奢な造りではないが、頻繁に客の出入りがある。外国人の顔も珍しくない。

宿帳には、本名と現住所を記す。札幌で、何年すごすかわからない。虚偽の名前・住所が露見した場合のやっかいさを思えば、福沢由江として行動するにこしたことはない。

重要なのは、密命を帯びた金の身辺警護なのだ。もっともはじめてではない。東京でも亡命組を影で警護する経験をすでに積んでいる。

この日、夕食後、軽い散歩を装って宿屋を出た由江は、金が身を潜めた育種園官舎にまで戻ってみる。めざす部屋の灯はすでに消えていた。夜警の男二人の姿を確認しただけで、由江は足早に宿に戻った。狭いとはいえ、一人部屋だ。襖を隔てた客をちらっと確認した由江は、東京からここまでの長い旅を頭から消し去り、明日からの行動に思いをはせながら、ひさしぶりにゆっくりと床に足を伸ばし、すぐ眠りについた。

金は、はじめのうち育種園内から出ることはなかった。とはいえ楽しそうに園内めぐり、札幌の夏を存分に呼吸しているように見える。

だが一月もすぎると、夏の盛りだというのに、この地の夜は冷え込んでくる。旧百済の古都、公州生まれの金にはとてもなじみ深い夜のたたずまいだ。しばらくは宿舎にこもりがちになる。だがまる二月がすぎると、こんどは金がそわそわしだした。その理由は、すぐに判明する。

育種園官舎は仮宿舎で、この間三ヶ月、札幌農学校育種園近くに金専用の官舎が新築中だったのだ。レンガ造りの新道庁舎裏すぐ近くである。

由江はこの情報をえるや、すぐさま山形屋を引き払い、東一条鮮魚市場近くの安宿に移った。金の新舎から一〇丁ほどある。やや遠い。が金の宿舎は官庁街で、要人の出入りがはげしく、警備が格段に厳しくなる。近づきすぎるとかえって目立つ。ふだんの金に対する身辺警護は、官憲に任すほかない。

重要なのは、朝鮮国や清国から派遣された暗殺者の潜入に注意を払い、かれらの手から金を防ぎきることだ。

しかしこの三ヶ月、目を皿のようにしていても、ハエ一匹網目に引っかかりもしない。あるいは相手も慎重になっているのか？　由江の警戒網が粗《あら》すぎるのか？

新官舎に移ってから、金の動きが活発というか自在になってきた。かなり大胆かつ自由に、各所に場所を求め、人と会う機会も多くなっている。ときに足を遠くに伸ばすことも出てきた。この金の行動に即応するためには、これまでのように距離を置いてばかりでは難しい。思い切った切り替えを必要とする。由江はそう断じ、すぐに行動にでる。

この点、由江は父よりかなりおもいっきりがいい。若さゆえだけではなさそうだ。

十一月中旬であった。

初雪はすでに終わっている。午後三時、金の在宅を確認し、身なりをととのえた由江が、金の官舎をアポなしに訪問する。

警備のものに福沢由江と名乗り、金との面会を請うた。怪訝な顔をされたが、若く小柄で細身の女と見てとったのか、さほどの警戒心もないまま、用件も聞かれることなく、来意が屋内に告げられた。

すぐに内扉が開けられる。

広い室内に、くだんの金が立って由江を招く。

「諭吉先生のお嬢さんですね！」

「……いいえ！　娘ではありません。が、同じ福沢をなのります。先生の私設秘書、福沢由吉《よしきち》の娘です。」

一瞬、金は戸惑いの表情を見せたが、細い目をさらに細くして、

「ああ、由吉さんなら三田で福沢先生から直に紹介されたことがあります。ではそのお嬢さんでしたか⁈」

「ええ。突然の訪問で礼を失しますが、きょうは立ち入ってお願いがあります。……」

ここまで短い言葉の往来だが、すべて朝鮮語だ。金は流暢な朝鮮語を話す由江にさほど驚く風も見せない。

少し間を置いて、金は、ドアの傍で待機する護衛の者に目配せし、ドアが閉ると、由江に椅子をすすめた。

「願いとはなんでしょう?」

「単刀直入にいわせてもらいます。

わたし、諭吉先生に金先生の護衛を秘密裏に命ぜられました。」

由吉の密命とはいわない。

「おやおや、あなたがわたしの護衛役ですって⁉」

「そうなのです。じつを申しますと、わたしの父は、若いときから諭吉先生の護衛役を仰せつかってまいりました。その父から十五年、武道の一流派、天真流をまなびました。

要人護衛の一端を担う力をもつことができる、と父が保証し、諭吉先生に推薦してくれたのです。」

「流刑地さながらの小笠原と違って、この北海道では、多少身の危険を脅かされるという恐れを感じてはいます。

しかし警護はもとより、ことばの通じる人が身近にいてくれることが今の私にとっては、どれほど心強いことか、ありがたいことか……」

由江にとって、こんな初対面での自己紹介ははじめてだ。しかも相手は日本だけでなく、理由はともかく朝鮮国にとっても要人中の要人で、諭吉先生にとってはなおさら重要な人なのだ。だがそんな人がもつ圧力など、少しも感じられない。じつにソフトだ。

「わたくし、じつは金先生と同じ船で小樽まで、同じ列車で札幌まで参りました。それからおよそ三ケ月半、失礼とは思いましたが、先生を観察させていただきました。先生の居所も定まったようですので、これからのことでご相談がありまして、今日思い切って伺ったわけです。

もとよりわたくしの独断ですが。」

「あなたのような若いご婦人と一緒の船とは、まったく気づかなかった。でも、隠密の行動だったのですから、ま、察知できなかったのも、当然でしょうね。

それで、用件とは？」

「こんご先生の行動が多少自由になり、遠くまで足を伸ばされる機会も増えてくると思います。危険度もましますね。つかずはなれずというか、連携を密にしないと即応がむずかしくなるケースも現れるかと思われます。

それで、緊急の場合に対処するため、わたしを先生の『下女』の類にお雇い願えないでしょうか、という相談です。」

多少の間があった。

「むしろ願ってもないことだが、召し使いなどでは失礼だろう。父上と同じように、私設秘書ということでお願いしたい。

よろしい。すぐ警察に願い出てみよう。それにここでは案内役もいないし、無聊《ぶりょう》をかこっているときでもあり、わたしのほうから一人、付き添い役を願い出ようとしていたところだった。」

じつに簡単に由江の願いは聞き入れられた。驚いたのはむしろ由江のほうだ。

一週間後、もちろん仮決定ということだったが、由江の私設秘書役がきまる。

警察の方でも、金の取り扱いには苦慮していた。とりわけ日常生活をともにする付き人《つきびと》が見つからなかったからだ。金が特殊な「有名人」だったからだが、その金が自身で指名したのだ。札幌警察でいちばんやっかいだったのは、金との意思疎通がほとんど不能ということにあった。どうやら由江を通じて金の情報をえることができる。政府との内意が図りやすくなる。そういう算段が立った。それになによりも由江が『学問のすゝめ』の著者、「義塾」福沢諭吉の「身内」だという保証がある。

金と由江はすぐに「先生」「由江」とよぶ間柄になった。金のゆくところつねに由江がいるという構図ができあがる。

「内懐に入る。」これが信頼関係樹立の初歩だと、父が、諭吉先生と、先生を介して坂本竜馬と、そして松木弘安（寺島宗則）、五代才助（友厚）等と親しく交わってきた例をあげ、詳しく話してくれた。

だが相手は外国人だ。それもたとえ「三日」という超短期とはいえ、一度は朝鮮「政府」のトップに立ったほどの要人で、しかもいまや祖国政府に命を狙われる亡命者なのだ。

この政治亡命者の安全を図るのは、亡命を認めた日本国政府の国際上の責務で、万が一にも国内で金の身に危険が生じたら、日本政府が面目を失う羽目に陥る。庇護役をもって任じている福沢諭吉の名にもかかわる。

その面目の一端を、由江が担うことになった。望んでもだれもができることではない。しかも由江にとって最初の「密命」だ。踏み出した以上、やり遂げるほかない。もっとも由江二十歳の直前で、腕に不安、歳に不足はない。

明治二十一年（1888）の暮なかばである。

前日かなりの量の雪が降り積り、月が冴え渡りはじめようかという刻のことだ。

金の身辺はしごく平穏無事が続いている。

「由江、いい時刻だ。」

金は酒を、とりわけ酒席を好む。故国に行方の知れない家族を残してきているが、まだまだ若い。無聊をかこっている。三十代半ばをようやく超したところなのだ。この日も由江と警護二人を連れて、轍《わだち》を避けながらいままでは常連となった山形屋にやってきた。すでに屋内各所で酒宴や談合がはじまっている。ここは新都最大の宴会場でもあった。

金は酒席に芸者二人を左右に招き寄せ、盃を傾けはじめた。いつものことだ。この人、盃を開けるピッチがはやい。小さな声で小唄のような節を回しているときは、金がすこぶる機嫌がいい証拠だ。由江は、金の背後に控え、金の酔いっぷりを無表情に眺めている。

宴も半ばというころか。

音もなく障子が開く。この宿、上客がほとんどだが、ときにお節介というか、豪傑ぶるものがいる。

「おい、君が金とかいう朝鮮からの亡命者か！　やけに静かじゃないか！　一献差し上げたい。」

大きいが冷静な口調である。酔漢とは思えない。だが案内も請わず、唐突にすぎる。無礼千万というところだ。土足で士君子がくつろぐ畳の間に闖入という態だ。

金は振り向きもしない。

その男の右足が畳に踏み込んだと思った瞬間だ。

男は足裏をわずかに覗かせたまま、宙を飛び、廊下にドスンという鈍い音が響かせた。障子が音もなくゆっくり由江の手で閉められたのと同時であった。

間をおかず近くの部屋の障子を引く音がし、中庭を取り囲んだ形の廊下にかすかな動揺が広がる。

が、すぐに静かになる。

金と芸者にも少しも驚いた表情がない。すでに二度ほど同じ光景を見ているからだ。

「先生、きょうは少しお早いようですが、このへんで腰をおあげになってはいかがでしょう。」

由江のささやきとともに、金に続いて芸者が立ち上がる。

廊下に出ると、気絶した男が警護の警官二人にすでに片付けられた後だ。

金は、背後の由江に楽しげな視線を送り、小さくうなずくようにして長い回廊を渡り、客の送り迎えに忙しい番頭に背を押されながら、門口から続く雪道をゆっくり歩んでゆく。


その年のどん詰まりである。

「由江君、こんど函館に招かれた。もちろん同道のこと、よろしく頼む。」

函館は、金が東京から船便で小樽へ移送されてきたとき、数日間滞在した北海道の古都だ。

新開地札幌とは違って、旧幕時代、長崎・下田とともに開港した国際色ゆたかな商都で、屈指の軍港でもあり、かつて新政府軍と旧幕軍が最後に激突した主戦場でもあった。

ただ札幌からははるかに遠い。船旅か、陸路なのかでも、かなりというか、数倍、距離あるいは必要往来日数が異なる。

それに、冬でもたどることが可能な札幌から函館までの陸路は、わずかに一本のみであるといってよかった。

「牧場見学かたがた、温泉保養に招待された。」

金が苦しめられているリュウマチ治療ということも兼ねている。

金は暑さに弱いが、寒さはさらに大敵で、海上をゆくのが好便だった。だがである。

金は、アメリカ留学の名目で日本を離れた朴泳孝等三人とことなり、日本にとどまることを選んだ。その金を、日本政府は、暗殺から守るという名目で、東京からおよそ一千キロ余、年に数度の定期便しか通わない八丈島よりさらに遠い、絶海の孤島小笠原に「流し」たのだ。

これには金も面食らわざるをえなかった。もちろん金は小笠原のなんたるかをまったく知らなかった。

小笠原も、そして北海道・札幌も、政府（内務省）は、日本「本国」すなわち日本「本領」とは異なる「新開地《ニューテリトリイ》」だという屁理屈をつけ、金はもはや日本「国内」に滞留していないという体裁を装ったのだ。

それにその小笠原、暗殺はおろか不審者侵入の危険さえまったくない。とはいえ、一年半に近い島での「幽閉」生活に、金はよほど懲りていた。

北海道での金は、誘いがあれば、誰とでもというわけではないが、どこへでも出向く。一見して、暗殺を恐れ、みずからを閉じ込めておくことができるような性分ではないように感じられる。

「自由あっての命だ。」これが北海道における金の口癖であった。

函館行きのスケジュールが決まる直前のことだ。

金は由江だけを伴って、北海道開拓の拠点、パイロットファームである真駒内《まこまない》種畜場に出向いた。開拓使が設立し、札幌の北西部一帯に広がるこの広大な高台（現在、東西は豊平川からおよそ北広島市に接する大曲まで、南北はおよそ藻岩山南端から国道三六号線まで）のまっただなかに広がっている。

雪で覆われた牧場に、牛を中心とした家畜たちの姿を見ることはできない。いま畜舎内でゆっくりと冬を過ごしているという。金の愛郷公州にも雪が降る。が、日本海に面する札幌とは異なって、その量は少ない。

それに、真駒内の切り開かれたばかりの雪原の美しさ、壮麗さはどうだ。風も、音もない。そこには金と、それから遠く離れて由江がいるばかりだ。

金玉均が札幌に移送されてきた明治二十一年（1888）、開拓史が廃止されて六年たつ。北海道は「三県一局」時代を経て、明治十九年、内閣総理大臣指揮下にある北海道庁（政府直轄）に衣替えした。この転換契機には、「北海道開拓使官有物払い下げ」問題で、諭吉とその一統も直接間接に、深くかかわっていた。平たくいえば、北海道は、一地方行政機関（三県一局）と政府直轄（開拓使）との「中間」に位置することになったのだ。（この構図は令和のいまに色濃く残っている。）

ために、政治亡命者金玉均の扱いは、内務大臣（山県有朋）の管轄下にあり、道警が直接監視・警備に当たるものの、金の命運を決めるのは中央のさじ加減しだいということになる。札幌をはじめとする地域警察は、だから、金に関しては距離の保ちかたが難しい。

由江が金の護衛役を買って出たことは、警察サイドにとっては好都合であった。道庁もそして道警も、由江に対してことのほかソフトな対応に終始した理由だ。もちろんその背景に、福沢諭吉の存在があったが。

二十二年一月下旬、金の函館行きが本決まりとなった。

金が強く望んだように、陸路でである。最も寒い時期に当たる。というか、陸路交通は、厳寒のときがもっとも好便なのだ。

ルートは札幌本道（１８０㎞）で、北海道唯一といっていい本格馬車道をゆく。

札幌（豊平《とよひら》橋）をスタートし、千歳、苫小牧、白老、幌別、室蘭、（海上ルート40㎞）、森、嶺（七飯町峠下）、中島郷（七飯町大中山）、函館（五稜郭）各一〇宿駅をまたぐ大動脈《ハイウェイ》だ。

とはいえ積雪とりわけ吹雪の多い冬期である。区間内の部分利用は可能だとしても、札幌と函館間を通しで旅するのは易しくない。それを一気に押し通るというのだ。無謀に近い。好天かつ故障も事故もない順調を見込んでも、およそ八日を要する。もちろん徒歩での走破は難しい。難敵は、寒さと風だ。もちろん遊興の旅とは真逆で、過酷を覚悟しなければならない。

輸送手段はようやく軍隊内でも普及しだしてきた馬橇のほかに選択肢はない。

酔狂というか、この金のたっての試みに応じてやろうという豪傑が陸軍内にもいた。輸送・補給訓練の一環にもなる、といって乗り気を見せたのだ。各駅を拠点に輸送ルートを固め、安全には万全を期す、これが軍隊方式だ。

同行者は極少に抑えられた。金、由江、それに陸軍から選抜された若者三人で、そのリーダーが陸軍少尉大村平八、二十八歳だ。

大村は工部寮（工部大学校）在籍中、西南戦争に出兵、負傷して卒業が遅れ、陸軍に入隊、ようやく一昨年少尉に任官、札幌に配属されてきた、見るからにスポーツマンというタイプの男だ。金に対してもずけずけものをいわずにはおかない風を帯びている。


一月下旬、好天を選んで出発したわけではなかったが、絶好の日和だ。

北の新政都札幌は、日本海から太平洋へ抜ける低湿ベルト地帯（太古には海底だった）の北西端に位置している。この新しい街域の東端を画するのは豊平川で、遠く南から豊平峡《ほうへい》を穿《うが》ち定山渓を北上する一大激流をなし、ひたすら出口を求めて岩肌を削りとり、藻岩下で一点突破、平地へといっきになだれ込んで、膨大な土砂石を堆積し大扇状地をつくりあげた。この土積のつきたところが石狩平野で、大部分が石狩川水系の胴体部分をなす一大湿地帯だ。豊平川は、この水系の西端に位置する大河である。

この川、ふだんは穏やかだ。だが融雪期には、例外なく、大量の土石を含む濁流となり、「札幌本道」の起点、豊平川を跨《また》ぐただ一つの道路橋梁、全長四〇メートル余の豊平橋《とよひらばし》をなんなく押し流してきた。できたばかりのトラス方式の最新橋、巾六〇メートル余も例外ではない。ために橋の架け替えが年中行事になっている。

だがいまは寒中だ。橋梁下の水流は、積雪に覆われて中央部をわずかにきらめかせるだけで、じつに穏やかな表情をしている。

一行、人は五人、洋馬一匹、橇一台。

空気は凍っていたが、馬は巨体を揺らし、もうもうと白い湯気をあげ軽快に走歩する。滑るようにはやい。凍った路面が融けて光る。

橇上の金はなれた様子だ。が、同行の兵卒二名ははやくも橇酔いを感じはじめている。船酔いとは違い、路面と同乗者の目の位置が近いため、景色の流れがおどろくほど速く、すぐに目の奥からしびれ出すのだ。由江もこの初経験に、いささか気分が平常ではない。

手綱を引く大村少尉はだらだらとした上り下りの多い道を慣れた手つきで、だが慎重に馬を進める。雪道の馬橇の最大の難点は、横滑りに弱いことだ。とりわけ凍った坂道の下りカーブが危険で、制御を失うと大きく重い馬橇が簡単に横転し、乗客がほうり出されて大怪我を負うこともある。太い梶棒が折れ、走行不能になり、立ち往生というケースもでる。ちょっと見とは違ってなかなか油断できない乗り物なのだ。

最初の中継宿駅千歳まではずーっと林の中だ。

地形上でいえば、俯瞰するに、この雑林の北は日本海、石狩沿岸までなだらかに下る、広大な低湿地原が続くことになる。札幌・岩見沢・千歳・苫小牧という、「道央」の東西南北を結ぶ要路は河川が主力だが、冬期は河川凍結のため利用不能となる。もちろん、そんな地形のありようなど、五人の思慮、視界の外にあったが。


「金先生、寒くはありませんか？」

少し風が出てきた。由江が後ろから金に声をかける。追い風だ。金は出発直後から大村少尉の隣の席に移動し、雪原をゆく馬橇のリズムに体を合わせている。

「ちっとも寒くない。じつに気持ちがいい。」

昼食前に千歳に着いてしまった。順調にすぎる。駅舎といっても、冬季営業停止状態だから、客はいない。橇の停止とともに、五人がいっせいに伸びをして、地上に飛び降りた。積雪が少ない。

「天気はいい。ここで泊るか、それとも馬を替えて次の苫小牧までいっきに進むか？」

由江、にわかには判断できない。

「先生、進んでよろしいですか？」

金は小さく頷く。

千歳までは、山坂があり、ひっきりなしにカーブがあった。およそ札幌から一〇里、起伏にとん思われる。


だ飽きのこないコースだったが、一転、苫小牧までは海岸線へとまっすぐ南下するおよそ五里余の道のりで、地図上でいえば、灌木林に覆われた台地の縁《へり》を一直線に進むと、難なくたどり着けると思われる。

風向きがひっきりなしに変わる。平地で、防ぐものがないのだ。

午後三時、あっというまに雪が横殴りに襲いだし、視界を塞いでしまった。そのなかを、千歳駅で取り替えられた馬が、三馬力もあろうかという力強さで、らくらくと馬橇を引く。樹林が切れ、一瞬、ふっと風が止む。うつむいた金の背中が伸びた。視界が開け、潮のにおいは漂ってこないが、海が近いことが分かる。

苫小牧の駅逓は吹きっさらしのなかだ。旧開拓使支所の宿泊施設に泊る。用意されてあった布団はつめたいが、足をぞんぶんに伸ばして寝ることができる。

熟睡はならないと思いつつ、由江も瞬時に寝入ってしまった。


翌日、吹きつける潮風をまともに受けて、海岸線を室蘭に向かってひたすら南西に進んでゆくたんたんとした行程で、右前方に一昨年噴火したばかりのタルマエ山が噴煙の尾を強風にあおられ長くなびかせているのが見える。距離は長いが、白老駅はあっというまに過ぎていった。

幌別駅で一休止し、馬を替えたら、夕方には室蘭に着くことになる。札幌から三三里余りを二日で走破するのだ。順調にすぎる。

凍った道の周辺は北に疎林が、南に砂浜がだだっ広く広がるだけで、ビュービューと打ちつける風の音があるばかりだった。小屋がけの家さえも見えない。

だが馬橇の上は、由江が想像していたほどに寒くはない。腰ほどまでの板囲いがあり、畳状のものが敷かれている。わずかだが身動き可能なスペースもある。防寒対策はもとより、食料、飲み物も十分だ。それに少人数なのもいい。いざとなれば、橇上で一、二夜しのぐことができそうに思える。

幌別駅をすぎた。その駅舎の北およそ一里半奥に名湯と噂のあるノボリベツ温泉が開かれている。少尉が「発見者」最上徳内の名を挙げ、金に説明している声が由江の耳にも聞こえてくる。金、温泉に目がないのだ。

ようやく長くながく続いた浜が終わり、坂道に変わりはじめ、屏風のように切り立つ岩山を前方にしたときだ。

風がやんだ。空気がにわかに暖かくなり湿気を帯びはじめる。前方はるかに霧が湧きたちのぼり、緞帳で塞ぐように厚くたれこめた。馬が歩みを緩め、夕闇が一気に近くなる。

少尉が前方を指さし、従卒の一人に「続け！」と発し、夕靄のなかに飛び込んでいく。

応じるように、「金先生、橇の中へ。」と由江が柔らかくうながし、馬尻を背に手綱を取った。その瞬間だ。

フッと前方をかすかに影が動く。だがすぐに影は消えた。

「あなたはそのまま後部にとりついて、侵入を防いでください。

先生はわたくしがお守りします。」

左右から影が飛び込む。由江は垂直に跳躍し、その一人の背をやわらかく受けとめるように抱き、背後に投げあげた。空を切ったもう一人は轜の縁板に手をついて激突を避け、そのまま靄のなかに消えた。

あやうく馬の尻に激突しそうになった相手は、かろうじて御者台で踏みとどまり、ヒューと鋭く口笛を吹き、これもまた靄のなかに姿を消した。

ときをおかず少尉と卒が轜に戻る。

「列をなして霧のなかを影の点が移動しているのを感知できた。だがすぐに消えた。

陽動作戦だと思えたので、すぐに戻ったが、……」

「ええ、こちらは二人に襲われました。でも不思議なことに、殺気というほどのものはほとんど感じることができなかったの。

ねえ。」

由江は轜上に残った従卒に同意を求めたが、卒の顔には不思議なものを目撃したような驚愕の痕跡がまだ残っている。

「私も最初短い細い鉄棒のようなもので攻撃を受けた。しかし点はいつまでもまとまらず、伺うように遠巻きにしたまま動かず、口笛が届くやいなや、いっせいに霧の煙幕のなかに消えていった。

あれは何者で、何のためのものだったのか？　もちろん物盗りの類ではない。でもともかく金先生が無事でよかった。」

金は緊張を解かずに、それぞれ少尉と由江にむかって軍隊式の敬礼をする。そのぎこちない仕草が残り四人の笑いを誘った。

室蘭は坂の街だ。残念ながら、後背地がなく、農耕開拓には不向きな土地だが、だからこそ同じ坂の街小樽とともに、北海道の入り口函館と内陸部、とりわけ札幌とを結ぶ、開拓の一大中継基地になったともいいうる。

太平洋の荒波をおしかえす屏風状の岩壁に守られた天然港をもち、ここから伊達藩支藩角田石川をはじめとして、北海道各地に大量の移民団が散らばっていった。なお小樽も室蘭も、石炭の積み出し港となって大きく伸びてゆくが、小樽は商都に、室蘭は工都に特化し伸張してゆく。

今宵室蘭では殿様級が泊る豪華な宿屋に金玉均を招じいれることができたので、由江はほっとしている。湯殿も備わっている。苫小牧で暖房は十分だったが、あいにく相客が皆無で、接待係もおらず、雑魚寝同然だったのだ。

「由江君、寝酒を出してくれたようだが、独酌ではむしろ目が覚めていけない。

大村君も誘って、少し付き合って欲しい。」

障子をへだてて、金のふだんになく大きな声が廊下に響きわたる。予想していなかったわけではない展開だ。が、困ったことに、先が読めない。

それでも「はい」と返事をした由江は備え付けのかなり大きめの丹前をはおり、廊下を挟んだ向かいの少尉に声をかけ、開いた襖を通って金の部屋に身を入れた。おくれて大村がやってくる。由江のいつにもない妙ちくりんな衣装に金はいたって好機嫌だ。

「ご苦労さん。旅は、異変はあったものの、まずは順調。気分はとてもいい。酒のほうは美味いとはいえない。

それでも一人で飲むのには惜しい気がしてね。」

「由江さんに声をかけてもらい、参上しました。ありがとうございます。」

一礼しながらも、大村に少しも恐縮している気配は見えない。

「あとどれくらいで函館に着きますか?」

「どんなに遅くなっても、不慮の事故でもないかぎり、二日とはかからないと思います。予定では全行程を八日と踏んでいましたので、至極順調です。」

少尉は盃を受けながら、由江に答える。

由江はいつもの酒席がそうであるように、少し離れたところに控えている。むろん酒は飲まない。

大村は、由江に通訳を促し、金に尋ねる。

「こんな機会はよもや二度とはおとずれないでしょうから、後学のためにも、公に一つだけお聞きしておきたいことがあります。

ロシアのことです。よろしいでしょうか。」

金が怪訝な表情で迎えたが、ゆっくり頷いた。


「ロシアの満洲侵出の件です。

金閣下が政権を担うチャンスが再び巡ってくるとしたら、この国にどう対処されますか？」

金は表情を崩さずに、即答する。

「政権云々のことは別にして、ロシアが朝鮮国境を越えてこようとしているのは、よくよく知っている。

いまの閔政権は清国一辺倒になることを牽制するために、日本だけでなくロシアやドイツの力も借りようとしている。

閔泳翔がロシア皇帝への密使として発ったということは、わたしの耳にも達している。公然たる秘密なのだろう。

だがロシアは、極東の一部、沿海州を清国からすでに奪い、満洲にどしどし侵出、いまや朝鮮を扼《やく》そうとさえしている。東方侵出は露の本性なのだ。

清がこの大国ロシアに正面から抗することができるとはとても思えない。国力はもとより、陸と海、まるでその軍事力が違う。

まあ、この程度のことは教科書に書かれている知識で、現閔閥政府が『いま』どうするのか？　有効な手段があるのか？　重要な点はこれだが、それについてはいまのわたしに答えることは許されていない。

とくに少尉のようなご身分のかたには。」

金は「いま」というところにアクセントを込めた。

「ありがとうございます。」

一礼し、一拍おいて、少尉が発言した。

「忌憚なくいいます。閣下もご承知のように、日本の主敵は、清国でありロシアです。この二国から日本海の制海権を守らないかぎり、日本の安全と自立は危うい。

少尉のわたしにもこのように思われます。」

一瞬、金は直に受け止めかねる表情をあらわしたが、すぐに瓶《へい》を差し出し、少尉の盃になみなみとついだ。

「朝鮮国の自立もだね。

ただし日本は日本、朝鮮は朝鮮のやり方でゆくしかない。」

それからは、質問はもっぱら金がする。北海道における軍隊日常活動のあれこれが、少尉の口から楽しく語られ、一時間ほどでささやかな酒宴は終わった。

由江はいささか眠りを妨げられた。金から、それに少尉からも、政治向きのことをはじめて聞いたからだ。


三日目の早朝、港は霧に覆われていたが、出港時には晴れわたった。船は元開拓使に属した客船（15トン）で小さい。客は冬期にもかかわらず三〇名を超し、満員というか満杯である。金も目立たない風体で乗り込んだ。

もっとも、噴火湾内二時間あまりの航行とはいえ、やはり海だ。冬期独特のうねりがある。客にとっては、土間に座ったまま身動きが自由にならず、遊覧の余裕などもなく、けっして楽とはいえない行程だ。

ただこの船、小型とはいえかつて青函路を往復する郵便船として活躍したというのだから、予想を超えて頑丈には造られている。

この船上で金の頭を一瞬よぎったのは、クーデタに失敗し、日本公使館に逃げ延びたまではよかったが、公使たちの船に同乗かなわず、対馬海峡を誰のものともわからない漁船に揺られて漂流同然に日本へと落ち延びたときのことだ。

このきれいさっぱり忘れてしまいたい、いまいましくも屈辱的な記憶である。

それに比べたら、この航路、まさに極楽に違いない。

森港は沖へと長くのびた桟橋の先に船がつく。まさにただの浜で、大きな船が着く港湾も岸壁もない浅瀬なのだ。

一息入れるまもなく、予約した馬と馬欙が待つ駅舎で、出発時の半分ほどになった荷物を載せ、金一行五人は森を発する。街道には人の行き来が見られるようになった。

森から函館まで十一里余、しばらくしてきつい登りが二里ほど続いた。すべて森の中だ。だが峠をすぎると後半は下り坂を一気呵成に進むことができる。予定では、いったん五稜郭近くの官庁宿舎に泊り、翌日の昼間、挨拶代わりに七重牧場等を訪れ、夜は湯の川温泉という具合に、観光と保養を組み込むことにしている。函館では陸軍の出番はぐんと少なくなるはずだった。


その函館、ご維新までは、商港であると同時に幕府直轄の出先機関、箱館奉行所がある北の政・軍都であった。

開港後、函館は日本、否、世界有数の国際都市になった。ここには長崎や下田とまたちがった「世界」がある。人も、ものも、言葉も、文化も、宗教も、文字通り国際都市なのだ。他と違うのは、アイヌでありロシアだった。その人、言葉、歴史と文化だ。日本であって日本ではない。否、新しい日本である。

そして函館の人口も、この当時すでに五万人を超えている。春から秋にかけて漁業の出稼ぎ期には、通常、この倍に増える。すでにして大都会《メトロポリス》なのだ。

その函館に金一行が着く。予定より三日も早い到着なので、出迎えはない。一年でいちばん寒い時期だ。人通りが少ない。おまけに夕刻にさしかかっており、暗闇に覆われはじめている。

「すぐに温泉に入りたいな。寒さで凍えそうだ。」

金が由江に真顔で訴えた。

「湯の川まではまだまだ半刻余りの距離です。でも早く着きました。今日も明日も明後日も予定は組んでありません。

すぐに向かってもかまいません。いいですね、少尉。」

由江の声にうながされるように、暗闇が迫るたそがれのなか少尉は函館港の裏側、五稜郭の東南に広がる長い海岸沿いの新開地にむかって、海へ向かうだらだら坂を、軽く鞭を振う。

場所はすぐにわかった。ただし周囲に温泉街などない。灯もまばらで、一軒ぽつんとたたずむ、それもいかにも安普請の湯治場があるのみだ。

ところが着いて驚いた。なかは大盛況というか、客であふれかえり、部屋も満室なのだ。番頭がしきりに「お泊めできかねます」、と言葉は丁寧だが、いかにも横柄な対応である。

少尉が交渉に当たる。だが、らちがあかない。それに箱館戦争この方二十年もたつのに、応対にでた番頭、どうもまだ「官軍」を嫌っているようすがありありと態度にでている。

由江が代わる。

「主人は、七重官営牧場の場長に招待され、札幌からやってきた外国要人の方です。明後日からこの宿に泊ることになっているのですが、予定よりずっと早く着いてしまったので、ご足労をおかけしますが、今日と明日の二晩、どうか一部屋だけでも空けていただくわけにはいかないでしょうか。」

奥から主人らしき人が現れ、代わった。豹変というのだろう。

「失礼いたしました。長の旅、ご苦労さまです。承知いたしました。どうぞこちらへお通りください。

お泊まりの方の部屋はたしかに明後日の予約とのことでしたが、すぐにご用意させていただきます。」

奥に通された。長い廊下を渡ったさきは、別天地さながらの部屋で、入れ込みの湯治場とは桁違い、特別あつらえの貴賓室といってよかった。すぐ奥に内湯もついている。

「ただ、開業早々で、一室だけの準備しかできておりません。ご勘弁ご承知願えますか?」

由江に、否、金に否も応もなかった。金、由江に目配せし、いまにも裸になって湯船に飛び込みそうな勢いである。馬橇での移動中はおくびにも出さなかったが、よほど痼疾のリュウマチが痛んだにちがいなかった。

少尉と二人の従卒は、もともと泊まる予定だった五稜郭の陸軍官舎にすぐ戻った。

金の護衛は由江一人ということになる。もっとも宿のものに、金に暗殺の危険があるなどとはおくびにも出せない。

その金、まず湯にゆっくりつかり、遅くなったが、いつもより軽めの夕食をとるやいなや、好きな酒に手を出しもせず夜具に潜り込んでしまう。

といって由江、湯に入るわけにもいかない。金の軽い心地よい寝息が聞こえてくるだけだ。だが少しも眠気がしない。緊張もほどけてこない。まもなく部屋の灯が消える。油ぎれだろう。そのままにして、柱にかるく背をつけ、足を伸ばす。闇の中で目を閉じたままかなり長い時間が過ぎたように感じられ、気もおのずとのびていった、そんなときだ。

障子の外からかすかな人の動く気配が伝わってくる。雨戸がわずかに開いたのか、闇がほんのすこだけし動いた。

由江の手前の障子がわずかに動き、身構えた瞬間だ。音もたてずにふたたびすっと閉まった。

ウッというくぐもった忍び声が一瞬したかに思えた。が、再び静かになり、闇がもどった。

由江はすばやく身を立てた。と同時に、ゆっくりと戸が開く。大きな男の手を逆手に取り、押しもどそうとしたときだ。

男の笑う顔が由江のまえに突き出された。大村少尉だ。大村は手首をとられたまま、由江を部屋からかるがるとひきはがす。たがいに無言のままだ。

廊下に大小男二人が身をかがめるようにしてのびている。手刀を打たれたようすだ。

「こそ泥でしょう。」

「戻ってこられていたのですね。ご苦労さまです。」

「なに、あなた一人でも大丈夫とは思っていたのですが、……。」

何かさらにつけくわえようとしたのか、少尉はかすかに苦笑いする。

「ま、ゆっくり湯に入る暇もなかったでしょう。ここはわたしが……。心配無用です。無体なことなど起こりようもありえません。」

逆らう気はでない。うながされるまま由江はすぐに身を湯にしずめた。わずかの間であった。

だが湯気を払って着替えを終え、部屋にもどると、案の定、少尉の姿はもとより、こそ泥が忍び込もうとした痕跡も残っていなかった。

だがはたしてこそ泥だったのか……。

「父のような人がいるのだ。」

翌日、昼が近づいたころ、少尉が一人で湯宿にやってくる。

「昨夜の二人、こそ泥ではなかった。警察に引き渡したところ、よくよく調べるまでもなく、脱獄囚で、それも火付けと盗賊を重ねた名うての重罪人であった。驚かされました。

警察からは感謝状が出るということだったが、こちらも任務中のことではない、という理由で、丁重にお断りしました。まあ、とんだ怪我の功名でしたが。」

金はつねになく朝早く起き、さっそくゆっくりと湯につかった。いまは二度目の湯を楽しんで、赤い顔を外気にさらしている。

「昨夜、活劇でもあったのかな?」

この人、どうも気づいているようだ。

「いえ、こそ泥のような人物が、湯治客に紛れ込んでいたようです。それで少し出入りがありましたが、特段のこともなくすみました。」

大村少尉が答える。多少歯切れが悪いのもいたしかたない。

金は部屋の中央にドスンと腰を落とし、酒の相手が現れたのを喜び、支度をせき立て、すぐに盃を傾けはじめた。


「東京にいたときは、実のところ、暗殺を恐れビクビクしていた。しかし小笠原の二年はもとより、札幌に来て半年とはたたないが、『暗殺』などその気配すら感じることができなくなった。もちろんわたしにとって喜ばしいことに違いない。だがむしろ寂しいね。贅沢な言い分にすぎないが、社会の圏外にほうりだされたまま、忘れ去られた感が否めないのだ。」

大村は愚痴と知りつつ、耳を傾けるほかない。老成した風体に見えるが、金氏は少尉よりわずか十歳ほど上、まだ三十代なのだ。それにいまはたった一人、国「外」に亡命を余儀なくされている身である。

ただし少尉には、日本政府の処置がとりわけ残酷だとは思えない。金に同情する余地はあるが、日本であろうが、どの国であろうが、権力闘争に身をおいたのである。武闘で政敵を何人も圧殺した事件の当事者、それもトップの身だ。

敗走したら、その身におき所がなくなるほどの境遇に落ちることを予想しえなかったとしたら、その政治想像力のない自身をこそ嘆かねばならないだろう。

実際、大村の出身地である肥前佐賀でも、江藤新平（元参議・司法卿）、島義男（元開拓使判官）が、乱の首謀者に仕立て上げられ、斬首の刑にあい、首を曝されている。

それに江藤や島を斬首刑に処した大久保利通は紀尾井坂で斬奸状をもて虐殺された。

また参議トップにまで昇りつめた大隈重信公は、免職の上、閣外追放に処せられる。追放したのは伊藤博文だ。

いま現在薩長政府で権勢を誇っているものでさえ、明日明後日の命運はだれにもわからない。

ましてや政争ままならない朝鮮である。「トップ」と名指されるものの凋落を数え上げたら切りがないではないか。清皇帝（と重臣李鴻章）、朝鮮国王、国王父大院君、王妃閔、それらに連なる閥族で、それに、ロシア、日本、イギリスをはじめとする諸外国政府、諸党派の面々がいりまじって、蜘蛛の糸のように絡み合い、いがみ合っているのだ。

「先生は日本を離れる気持ちはなかったのですか？」

思い切って大村少尉は聞いてみる。金が少しく酔いはじめたころあいをみはからってだ。

由江でさえぎくりとする問いだ。が金はすぐに答えた。

「遅きに失したね。

あれほどアメリカ行きを強要してきた山県内相でさえ、いまでははっきりとわたしの国外退去に対してはノウなのだ。

日本でいま重要なのは内政で、憲法発布と国会開設を控えている。なによりも平穏無事が望ましい。諸外国、とりわけ朝鮮国と新たに事を構える余裕などない。こう断じていい。」

一度、思いを口に出してしまうと、処置に困る。それも相手は陸軍少尉で、ただの護衛ではない（はずだ）。

ただし少尉は、頷くだけで、反論もしないが、まったく新しいテーマを口にした。

「わたしの父は、佐賀の乱で、首謀者の一人として捕まり、斬首されました。だからいまの政府首脳が憎く、許せない気持ちがないといえば嘘になります。でも、日本は天皇陛下のもとに一つ、という国になりました。というか、ようやく一つになろうとしています。

このことが、藩だの閥だのの恩讐を超えるわたしたち日本人にとっての第一のテーマであると思えます。それもようやく維新二十年にしてです。」

金は若者の顔を仰ぎ見るように、まぶしそうにかつ羨ましそうに見やった。

盃を少尉に差し出し、静かにいう。

「この由江君の先生、福沢諭吉先生とその弟子である父上、福沢由吉氏の考えが、まさに君がいま述べたとおりのものである。

そして福沢先生は私の学問上の師でもある。じつに日本も、福沢先生も羨ましいかぎりだ。」

「存じております。同じ理由で函館に同行させてもらうチャンスをいただきました。ええ、勿論、金閣下にお会いできるチャンスこそが魅力的でした。」


函館で、金玉均はおおよそ気ままな行動を一週間にわたって楽しんだ。

温泉がとくにリュウマチに効いたというわけでもなかったろう。が、気分がよくなっただろうことは、なによりもその血色に表れている。

帰りは金と由江の二人と従卒は小樽まで船で、ただ一人予定が組まれていた大村少尉は上京のため、函館で別れる。

最後の夜だ。金が別れの宴、とりわけ大村少尉を送る酒宴を開くという。といっても特別のことはない。少尉の部下二人は、別室で気ままにやるのだ。

金、大村少尉、由江の三人に、いつもの流儀で芸者二人がついて、会は多少の艶やかさを加えてはじまった。

「ところで、聞きそびれたが、少尉の名を教えてくれないか。」

「大村平八、タイラに数字のハチ、へいはちです。」

「士官学校出なのかな？」

「いいえ、工部寮です。いまの工部大学校ですね。」

「なるほど、華語はもとより英仏独のほかにロシア語もできそうな気がしたわけだ。」

大村は笑いながら、いう。工部寮は、教師が外人なら、講義も外国語である。

「わたしたちのロシア語などは、人名や地名が読めるていどのもので、まったく使いものになりません。多少華語はできなくてはいけませんが、仏独はロシア語と変わりません。」

このとき、めずらしく由江が言葉をはさんだ。

「少尉は武道にも堪能なように見えますが、とくになにを学ばれましたか？」

「いえ、全くの自己流です。強いていえば、学業の一環《コネクション》や兵役の課業《タスク》として身につけただけのものです。

由江さんは天真流と聞きましたが。」

うなずく由江から少尉に視線を移しながら、

「日本武道のことはわたしも多少聞いて知っているつもりだが、聞いたことがない流派だね。一つ、差し支えなかったら、少尉を相手に形だけでも見せてくれないだろうか。

由江君、いつも、あっというまの技で相手が横転する場面を見せつけられるだけじゃ、物足りない。一つ目の前で少尉を投げ飛ばしてみせてくれないか。」

座興めかしているが、金、大男が宙を舞ったり、横転するさまをみて、驚嘆するだけでは満足できないらしい。

「先生、それは……」

二人が声を合わせて、拒否の態を示すが、金は一度口に出した言葉は飲みこまない。許そうとはしないのだ。しかもいたって陽気である。これが二人には堪らない。それに芸者も扇であおぐのだ。

顔を見合わせたまま二人はしばし探ぐりあう。だが少尉が襖を開くと、由江も立ち上がり、奥の控えの間に向かい合う。背丈は一尺、体重はおよそ倍ほども違う二人が対した。

勝負はあっというまに決まった。大村がかるく踏み込み、長い腕を伸ばして由江の肩に手をかけたかに見えた。同時に長身の大村の体が弧を描いて直下の畳に落ちた。ほとんど音もなしにだ。

大村はこの結果を予期したかのように、ゆっくり身を起こし、由江に向かって一礼する。

「まいりました。」

由江も一礼する。しばし間があった。

「なんだつまらないな。おなじだね、いつもと。」

金の声が不満そうにひびいたが、その顔はじつに愉快そうだ。

3 「脱亜論」

明治二十三年（1890）年四月、諭吉、由吉、それに由江の三人が、昨年（1889）十一月中旬以来、この同じ場所で、ほぼ半年余をへて顔を合わせた。義塾内の「隠宅」（由吉宅）においてだ。

諭吉は由江の正面に座り、軽く目配せしながら、

「このたびもご苦労さん。」

と短い言葉をかけた。黙礼した由江がうながされたように口を切る。

この娘、ひさしいあいだ、父や諭吉と対面し、話を詰めることがなかった。言葉が心奥にたまりにたまったままなのか、するすると出てくる。

「金氏は、札幌にはもう戻らない心つもりのようです。どうもすでに日本政府内の内諾をえているようすです。」

諭吉はとくに驚く風もなく、

「ま、そんな理由なりをとっかかりに、話しておくれでないか。」

小柄だが、もう二十二歳。一昨年、はじめて北海道に旅発ったときは「少女」をまだはっきり留めていた青い実が、武芸で鍛えあげてきた痕跡などどこにも見いだすことができないほどに、ふっくらと成熟している。

「少しも日焼けしていないじゃないか⁉　北海道の気候のゆえかな？」

由江は、表情を変えず、諭吉がなにを示唆しているのかを無視するように、話題を報告に向ける。

「ご存じのように、金氏、昨年、リュウマチ治療を名目に三十日間の上京が許されましたが、実際は四十日間在京し、帰札します。

内務省から、日本での暗殺の危機は薄れたと思われる、用心にこしたことはないが、かなり自由に行動してもよいのではないか、という主旨の通告がきた、と聞きました。

札幌でもそして上京中でも、請われれば誰とでも会い、御軸や額に揮毫をしています。これはビジネスをも含みますから、ある種文人生活を送っているの観があるといっていいと思います。

また今回の上京で、いったん再帰札することがあっても、札幌生活の整理ないしは後始末の類ということになると思われます。」

「ではもう一度、札幌行きの経緯と、札幌等での金の言動等々をまとめて報告してほしい。まとめてあるね。」

こう由吉がうながす。

「はい。それでは重複することがあると思いますが、前段の小笠原行きから、新しい情報も絡めて報告させていただきます。」

1　日本政府は、甲申クーデタの残党九名の引き渡しを強硬に要求する朝鮮政府の談判を突っぱね、独立金党全員の亡命を認めます。もっとも内情は複雑でした。

政府がまがりなりにも「亡命」を認可したのは、過去、陰に陽に、日本政府が推し進めてきた朝鮮開国につづく、独立開化路線を唱える金党を激励し、支援してきたからです。

それにもし日本が亡命者を強制帰国させれば、金氏等は朝鮮政府によって即強殺という処置を免れなかったのですから、国際法上も、政治亡命を認める選択肢以外にはなかったというべきでしょう。

同時に、政府は、朝鮮さらには清政府との関係をこれ以上悪化させるわけにはいかなかったのですから、彼らの身柄を監視下に置きつつ、彼らに第三国、とりわけアメリカへの亡命を強く勧めることになります。実際、朴泳孝等主要メンバーは、金氏をのぞいて、留学という名目で、日本を離れています。

2　ただし、金氏にはアメリカ留学を受け入れることができなかった特別の理由がありました。

それは明治十八年（1885）十一月、大井憲太郎をはじめとする大阪の自由民権運動派が起こした密謀、朝鮮クーデタ計画の発覚です。すなわちこの事件は、金玉均ら亡命グループを支援するという名目で、朝鮮国内で暴動・内乱を起こし、清に隷属する閔閥政府を打ち倒し、親日の立憲君主政治を樹立するという、奇天烈かつ破廉恥な、日本政府にとってはあってはならない「武力」クーデタ計画でした。

金氏はこの計画を事前に承知していました。またこの無謀な計画にある種の期待もし、あわよくば便乗して、政治復権を謀ろうとした節さえ見られます。金氏が渡米を拒否した大きな理由でしょう。

ただし計画は杜撰に過ぎ、事前にもろくも発覚、日本政府の手によって首謀者の大井氏をはじめ、百数十名が逮捕されて終わります。

この事件で、独立派のクーデタ再発を恐れた朝鮮政府は、金氏暗殺の刺客をふたたび日本に送ってくることになります。

3　暗殺を恐れた金氏は、自らまいた種とはいえ、ついに政府に「身辺保護」を要請せざるをえなくなります。

これを受ける形で、十九年八月、政府（内務省）は金氏の身柄を拘束・監視の上、小笠原に護送、父島に抑留します。

これは金氏暗殺を恐れた日本政府が打ってでた、先生がいわれるように、弥縫《びほう》策です。

先生が激しく批判された金氏の「小笠原」（父島）移送命令は、「小笠原は日本国『内』亡命ではない」というまったくの「詭弁」に他なりません。

小笠原は日本国に、日本領有内に属します。ところが、維新以降も、日本を「内地」（本州・九州・四国）と「外地」（蝦夷＝北海道・琉球＝沖縄等）に選別する俗習が長く残りました。

その小笠原、たしかに日本の領有権が確立したばかりの群島で、しかも東京から一〇〇〇キロも離れた太平洋上にある孤島です。八丈は島しか通わぬ絶海の孤島として知られていますが、それより小笠原はさらに倍近く離れた太平洋上の群島で、定期便は年数回ほど、暗殺の危険はまったくありえない、と断じることができます。

でも、そこは金氏にとってはまさに脱出不能な「流刑」地を意味しました。それも未体験の熱帯気候で、住民が少なく、なによりも友人をえる機会もありません。のち人の少ない母島に移され、さらに条件は悪化します。

金氏にとってこの島の環境も生活も堪えがたく、メランコリイが高じてうつ状態を引き起こし、ために「内地移寓」を請願せざるをえなくなります。

4　この願いが受け入れられ、金氏は、正味一年半、小笠原に幽閉された「流人」生活を離れ、明治二十一年（1888）八月、札幌に移送されます。

先に小笠原を日本「外地」とみなした内務相山県有朋公は、かつて蝦夷とよばれた北海道の札幌を「外地」とみなしたのは、この点では首尾一貫しています。

札幌での金氏は、心身ともに回復したかに見えました。なによりも気候が郷里に似ています。それに開拓の中心である若々しい都市、札幌の自由闊達な空気が気にいったようです。役人中心の街ですが、日本中から若者等、「ビ・アンビシャスなボウイ」が押し寄せてきています。監視の目はありますが、政治的つながりがないケースなら、誰と会っても、どこへ出かけても、さらになにをしても拘束はほとんどありません。

これはわたしが誰よりもおそば近くにいたのですから、間違いありません。

5 でもこの「自由」は、金氏が過去の政治的かつ人的つながりを断ち切られた結果でもありました。

たしかに一見、闊達そうな生活です。でもそれは過去と絶縁されたまさにエトランジェのものに違いありません。亡命を余儀なくされ、政治生活から断絶されてから、もう五年なかばを過ぎました。日本政府に対する不満も、朝鮮政治に対する関心も、まったく口に出さないだけでなく、関心の外に置いてしまったかのように見える毎日が続いたのです。

でも金氏が平穏無事であればあるほど、文人気質に傾けば傾くほど、何か私などには予測不能な事態が起きるのではないだろうか。それが現にある、けっして小さくないそして消すことにできない危惧感であり続けました。

以上、由江のまとめだ。札幌における金玉均の言動は、逐一、由江を通じて父の由吉に伝えられ、その手紙はすべて諭吉の手許にもわたっていた。

「たしかに自由と鬱屈が金君に同在することは、由江君のいうとおりだろう。だがわたしたちの力ではいますぐにどうにでもなるという問題ではない。

ただし、朝鮮の国内事情がどうも急変しつつある兆しがはっきりと見てとれるようで、井上（角五郎）君の報告にもそうある。」

こういいつつ、諭吉は由吉に目線をうつし、発言を促した。


「たしかに先生のおっしゃるような兆しはありますね。それを受けてか、独立党の亡命メンバーにかんしてだけでも、かなり慌ただしい気配が窺えます。

一つは、アメリカ留学中で、金党のクーデタに直接タッチしなかったため、指名手配を免れた、開化独立党の中心メンバーであった兪吉濬《ゆきっしゅん》が、事変後ただちに帰国の途につきました。それも、地中海経由の遠回りルートで、しかも東京に、そして駐日公使館に立ち寄ったと思われます。

この兪君、先生もご存じのように義塾の最初の留学生でもあり、『漢城旬報』編集の事実上の責任者でもありました。

二つは、朴泳孝です。アメリカ滞在わずかで、日本に帰国しています。なぜでしょう？　アメリカで兪と接触する機会をもちえたかどうか、未確認ですが、可能性はありました。二人の行動から推して、意思疎通が図られた可能性は残ります。

三つは、朴が日本に帰着してすぐ、金氏の小笠原移送が決まったのは、たんなる偶然でしょうか？　日本政府が、朴と金の接触を恐れないしは忌避したとも受け取ることができます。

察するに、この開国独立派の中心メンバー三人の動向には、朝鮮国内の政治状況の変化が絡んでいる、そう推察してもいいのではないでしょうか。」

諭吉が大きく頷いた。由吉が続ける。

「日清による天津条約で、朝鮮国内には日清をはじめ外国駐留『軍』がいなくなりました。もちろん、天津には袁世凱軍がいつでも出動オーケーの状態にあり、英国海軍が巨文島から撤退後は、袁自ら（外交官として）漢城に乗り込んでその横暴ぶりを発揮し、王や閔派を圧迫しています。

対して、王や閔派は、袁に抵抗するため、ロシアと結びつこうとしてきました。満洲からさらに朝鮮半島へと侵出の腕を伸ばすロシアが、甲申クーデタ前の日本に取って代わろうという形勢です。もちろん日本政府も、このロシアの動きを指をくわえて見ているわけではありません。

朝鮮半島は、歴代チャイナの属州であり続けてきました。それにロシアが、そして日本が、さらにはイギリスが手を替え品を替えて侵出を謀ってきたのです。いえ、むしろ、朝鮮国と朝鮮人自体が、諸外国の『力』を引き入れることによって、チャイナさらには日本の圧力を少しでも弱めようという思惑に支配されてきたのではないでしょうか。属州根性は朝鮮政治の習性といわれるものなのです。」

諭吉がつけくわえる。

「こういうコースは、ついには朝鮮の自壊と自滅につながるのだが、清の属州のもとで朝鮮がたどった歴史コースであり、朝鮮人に避けがたい習性、俗習であるというほかないね。」

ここで由江が発言する。彼女には珍しい、口角泡を飛ばす勢いだ。

「この朝鮮半島をめぐる政治軍事情勢を解く急所こそ、先生の『脱亜論』でした。十八年三月の時事新報社説です。

この社説で、先生は朝鮮の開化独立の希望はなくなった。清国との、ましてやその属国にとどまる朝鮮との、三国共同による東亜の文明開化路線を日本は廃棄せざるをえない、日本単独でも文明開化と独立を追求すべきだ、と宣言されました。」

諭吉が引き取り、かみしめるように述懐する。

「わたしは、当初、西欧諸国、とくに英・米・仏・露の政治と経済と軍事の圧迫下にあった、日・清・朝三国が共同し、文明開化の路線を敷き、それぞれ国家独立を果たすのが、可能でもありもっとも有効な道と考えた。

しかしどうだ、その入り口で共同の道が困難であり、清朝両国ばかりでなく、日本国内にも大きな障害があることが判明した。

とくに障害となったのは、清の朝鮮に対する覇権意識、また朝に抜きがたくある属国意識だ。なによりも朝鮮には殖産興業を図り、富国強兵を実現し、自力で政治独立を果たそうという勢力がまことに脆弱であった。

私が金らの独立開化派に期待し、彼らに一筋の光明を見、大きく肩入れもした理由がここにある。」

「ところが、先生、その期待も、金党のクーデタでもろくも萌芽段階で崩壊しましたね。自前の軍隊も資金ももたない、その二つを他国に頼る、大義《イデー》だけの『王室』革命に終わりました。」

諭吉は苦々しそうにつけ加える。

「過去・現在だけではない。今後も、朝鮮政治は、外部勢力の動きに左右されるに違いない。つまり、なにが起こるかわからないということだ。まさかと思うが、金独立党が復権する可能性だってあるのだ。」

最後の言葉に、由江の表情が硬くなった。

「金さんたちが朝鮮政治の中枢に再び座るなどということが、はたして可能なのですか?」

この問いに、諭吉は答えない。重い沈黙のなかで、この夜の議論は終わった。

ここで、由吉が諭吉と由江を前に語った、甲申クーデタ後の朝鮮半島をめぐる政治・外交・軍事状況報告を概括しておこう。

第一、甲申事変にかんして、あっというまに日朝政府間の講和が整う。日本側(井上薫全権)と政権党閔派（金弘集全権）の思惑が「一致」したことによる。

井上全権は、終始、このクーデタに、日本政府はもとより、竹添公使さらには公使館を守衛する日本兵も一切「関与していない《インディファレンス》」、という主張を貫いた。言外に、動かぬ証拠、朝鮮国王の親筆「日使来衛」（「日本公使来たりてわれを護衛せよ」）と御璽《ぎょじ》が押された詔書の存在をちらつかせてだ。

朝鮮側はこの「物証」を否定できないかぎり、日本公使館がクーデタに関与した責を問うのなら、国王がクーデタに関与した「事実」を認めざるをえなくなる（という脅しである）。（もちろん、国王はこの詔書を金玉均等による偽書と言下に断じたが。）こうして日朝間にはやばやと講和（漢城条約）が整ったのだ。

この講和の内容、

一、朝鮮政府の謝罪、

二、公使館および日本人居留地への砲撃・焼討ち等に対する賠償金支払い、がすぐに金たち亡命組の耳にも届く。

一見すると、この条約、日本側に断然有利なように思えるだろう。だがそうではない。

日本政府は、朝鮮から出先機関である公使館を残して、丸裸状態になったのだ。

しかも、亡命組が口々に竹下公使やその背後で指図した井上外務卿の「裏切り」と清軍の介入を指弾したが、その亡命組の口から、国王「殿下」の責を問い糺すなどできない相談のまま現在に到っている。それに閔政権はもとより国王がはやばやと清国側に「降伏」している。

第二、だがこれで朝鮮事変が片付いたわけではない。否、むしろ日清朝関係は、ますます混沌状態に陥ってゆく。日清朝三国だけの力で解決不能な状態になってゆくからだ。なぜか。

日朝間で甲申事変の「手打ち」が終わった直後、天津で伊藤博文・李鴻章を全権とする日清間の談判が開始されることになる。主目的は朝鮮を巡る日清間の軍事衝突を「回避」するための、日清両国の実質上の政治トップによる談判だ。難航が予想された。ところが、である。

日と清はともに「弱点」を抱え込んでいた。

清は前年（1884）フランスとの軍事衝突（戦争）に敗北し、属国ベトナム支配を放擲しなくてはならなかったばかりではない。一時は台湾をさえ抑えられたのだ。そして日本軍も朝鮮事変で事実上、朝鮮政治の表舞台から追い出された。

その両国が朝鮮問題を、朝鮮抜きで交渉するというのだ。日本から見れば、圧倒的優位な地位に立つのが清である。だがそうとはいえなくなった。清にさらなる難題が加わったからだ。

この談判途中、明治十八年（1885）年四月のことだ。

日清「衝突」の間隙を縫うかのように、イギリス海軍が巨文島を占領する挙に出る。

巨文島といっても、朝鮮半島の鼻先に散在する群島の一つだ。ただし朝鮮本土と済州島（朝鮮最大の島）とのあいだ（済州海峡）にある、日本海、東シナ海、黄海を結ぶ、小さいが軍事拠点としては絶好の位置にある要衝だ。英の占領目的は、主として、英との火種を残したままロシアの海軍が日本海に進出しその制海権を握る意図を牽制することにあった。

だが日・清・朝の鼻先に海軍大国英の橋頭堡＝軍事要塞が築かれたのだから、日・清・朝はもとよりロシアもこれを看過するわけにはいかない。日清が朝鮮半島の利権を巡って条約調印（手打ち）に手間取っている場合ではなかった。両国のツートップ、李鴻章と伊藤博文が登場せざるをえなかった理由でもある。

しかも、日と清の間隙を縫って、ロシアが朝鮮王室に外交・軍事支援の「実弾」を打ちはじめた。日本にとって厄介だったのは、在日ロシア公使館が露朝秘密交渉のルートとなったことだ。日本にとっては踏んだり蹴ったりの事案であった。

巨文島占領は、清にとって英海軍が海上路を塞ぐことで、属州朝鮮支配を妨げる形ができあがっただけではない。東シナ海の入り口にあたる回廊・ベトナムを扼した前門の虎・フランスと、満洲を領略した後門の狼・ロシアが控える形勢ができあがるのだ。

日本ももちろん、この西欧三国の侵出に黙って手をこまねいているわけにはゆかない。朝鮮半島をめぐる清との紛争を一時休戦せざるをえなくなった最大の理由である。

明治十八年（1885）四月、日清間で調印された条文は、大略三項目に要約できる。

一　日清両国は朝鮮から即時に軍の撤退を開始し、四ケ月以内に撤兵を完了する。

二　日清両国は朝鮮に対し、軍事顧問を派遣しない。朝鮮には日清両国以外の外国から一名または数名の軍人を招致する。

三　将来、日清両国が朝鮮に出兵する場合、相互通知（「行文知照」）を必要と定める。万一の派兵後は、事態収拾後、速やかに撤退し、駐留しない。

というもので、一見、大幅に清が譲歩した内容に思えるだろう。だが違う。

清はもともと朝鮮の宗主国である。日本と約したこの条文は、清の属州朝鮮に日本を含むいかなる国の軍派遣（進入）はおろか軍事顧問の派遣も不可、という内容だからだ。

ところが、この条文によって、自国軍をもたないに等しい朝鮮は、治安維持にさえ事欠くこととなり、結果、国内の不満分子が東学党＝農民軍に結集する形で争乱が起こり、収拾不能状態に陥ったのだ。ために朝鮮政府は清軍派遣を要請し、呼応する形で日本も軍も派遣するという、いわゆる「日清戦争」の「口実」（excuse）が生まれる因となった。ともに天津条約に則った結果だ。

この難局の中、清は大院君を朝鮮に帰国させる。王・閔派の動きを牽制するためである。追うように袁世凱が漢城に乗り込む。「駐箚《とう》朝鮮国交渉通商事宜」という長い役名だが、いうならば事実上の朝鮮総督で、朝鮮政情安定化が袁の手腕に委ねられたことになる。

だが清が閔政権の圧迫を強めれば、それだけ王・王妃・閔派の密謀が強まることになる。そのなかには、ロシア皇帝に密使・密書を送り、万一の際、朝鮮に軍艦を派遣、保護を要請する内容の策謀さえあった。八五年十一月のことである。

この朝露密謀が破れ、ようやくイギリス艦隊が巨文島から撤退したのは、翌々一八八七年二月であった。


そして第三に、「脱亜論」である。

『時事新報』（明治十八年三月十六日）に載ったこの社説を手にしたとき、金玉均も、朴泳孝も愕然として言葉を失うの感があっただろう。とくにかれらの目を釘付けにしたのは次の一節、

「我国は隣国の開明を待て共に亜細亜を興すの猶予ある可らず、寧ろ其伍を脱して西洋の文明国と進退を共にし、其支那朝鮮に接するの法も隣国なるが故にとて特別の会釈に及ばず、正に西洋人がこれに接する風に従て処分す可きのみ。悪友を親しむ者は共に悪名を免かる可らず。我は心に於て亜細亜東方の悪友を謝絶するものなり。」


由江の口を借りていえば、こうなる。

「『日本政府ばかりではない。先生までも朝鮮を見捨てたか！　われわれを見捨てたか！』

これが金等朝鮮独立開化派の残党に共通する思いです。金氏ただ一人を日本に残し、朴や徐が日本を離れる決断を下した一因でもありました。

金氏は嘆じたそうです。

『なるほど先生の、言論における独立開化党の擁護、われわれ亡命組に対する物心両面での援助は続いている。まことに忝《かたじけな》いことだ。

だが朝鮮の独立開化は不能と切って捨てた。これは、われわれ独立開化派を見捨てることと同じだ。否、むしろより残酷なことではないのか⁉』

これに朴は反問を投げかけたそうです。

『この脱亜論は、現実に、我が朝鮮国に開化独立党が存在しないといっているので、語気が多少強いのは、われわれに対する先生の叱咤激励から来るといっていい。

めそめそするなということで、先生だって、将来ともに朝鮮国に文明開化はありえない、と断じているわけではないだろう。いや、ない。捲土重来を期せといっているのだ。』

『そうかもしれない。いやそうにちがいない。そのためにこそわれわれの亡命はある。』

金氏はこう応じ興奮を静めつつ、最後にこうまとめたそうです。

『だが、われわれ独立党の目標が変わるわけではない。

日本だって、まず幕府による開国があり、攘夷を謳《うた》った薩長新政府による開化となった。その薩長、富国強兵を図り、幕府に先んじて英を先頭とする西欧艦隊と攘夷の一戦を交えている。

ただし問題は清国だ。日本にとって清国はあくまで国外問題だが、朝鮮にとっては国内・独立問題だ。ここが日朝で決定的に違う。ただ属州という根を断ち切る自力が、いま現在、残念ながら我が国にはない。いずれ断ち切ることができるという確信もない。』

由江の報告を聞き、由吉の概括にうなずきながら、

「独立党が清国問題をどう解決しようとしているのか、ここがキイ・ポイントだ。」

諭吉の問題提起だ。明治十八年から二十七年、金玉均が亡命してから「暗殺」されるまでの十年は、朝鮮事変（甲申のクーデタ）から日清戦争勃発までの年月にぴったり重なる。

4　金玉均、上海で暗殺さる

明治二十七年（1894）三月二十八日、金玉均が上海のホテルで謀殺された。

その報はすぐに諭吉のもとにも届く。金が小笠原で見いだし、長じて従僕として上海に同行した青年がまず報じたもので、これも奇縁だ。

金がクーデタに失敗し、日本に亡命してから十年目になる。

この報に接し、諭吉はもとより、金をよく知る井上角五郎、あるいは由吉父娘は、なかば予想したこととはいえ、金の命運を深い悲しみとともに、より大きな「失望」で迎えざるをえなかった。

この凶報に接して、『時事新報』はすぐに「社説」（無署名）で「金玉均氏」（3／30 ①）、つづいて「金玉均暗殺に付き清韓政府の処置」（4／13 ②）、「韓人の治

安妨害」（4／19 ③）を載せる。

①も②も、朝鮮人（暗殺実行犯 洪）が、清国人（李鴻章の養子 元駐日公使）の名を使って、金を巧みに上海（清国）にまで誘導し、ホテルに投宿後ただちに射殺した。

清国は犯人と金の遺体を清軍艦で韓政府に送った。これは、金暗殺が清・韓政府による共同謀略の疑いを強める情況証拠だ。だが、清政府がかくも愚かなことをするはずはない。

金暗殺は「全く朝鮮人の毒針」によるものだ、とする。

③は、視点を変え、この十年来、金・朴等日本亡命者を暗殺しようとした朝鮮人の名を挙げつつ、「保安条例」（国内法）によって、暗殺者たちを日本人同様に厳正に取り締まり、かれらと朝鮮政府の関係あるやなしやを糺《ただ》して、「公然たる国際談判」を開き、速《すみやか》に黒白を明らかにして国家の治安を擁護することを望む、としている。

じつに冷静な論評だ。むしろ冷静にすぎるとさえいえる。しかし諭吉の個人感情は、また別ものであった。

「それにしても、朝鮮の文明開化と独立を目指す、一瞬とはいえ政府トップに立ったことのある金ともあろうものが、なんでやすやすと洪などというかがわしいものの手管に乗って、身を守る算段もなしに上海などにいったのか？　まったくわたしの予想せざることだ。」

諭吉はちょうど居合わせた井上角五郎に向かって、こうつぶやくようにいう。

このとき井上、明治二十三年（1890）の第一回帝国議会議員選挙に当選（補欠）し、政治経済界にその独特の足跡を残しはじめていたときに当たる。ただしその足取りはいかにも井上らしい。初当選は反政府の自由党から出たが、もめにもめた国会で政府の予算案に賛成し、自由党を除名される。

その井上がいう。

「一つはカネでしょう。独立党再建には特段の資金が必要だというのが、時と所を問わず、金氏の口から発せられていましたからね。

洪はその泣き所をついて、大きな資金調達を約束したのではないでしょうか。

もう一つ、これは金氏の『大義』で、先生もご存じのように、日・清・朝の共同によって西欧の侵攻から東洋の独立を守る、これを実現するため、李鴻章と話をつけるというものです。」

諭吉の口から漏れる言葉はほとんど愚痴にちかい。

「資金さえあれば、日本政府がその資金を提供さえしていたら、甲申のクーデタは成功した、という幻想をいまなお金は持ち続けていたのか？　どうも正常とは思えない。

わたし個人では許しえないことだが、酒色に耽るカネが必要だ、というならむしろ話は分かる。だが三和主義など、いまでは噴飯物だ。清とりわけ李鴻章は朝鮮を清というより李自身の隷属州《クニ》とみなしているのだ。袁世凱の振る舞いはまさに李の代官さながらじゃないか。

三和などという標語は、李にとって迷妄あるいは児戯者の戯れ言《ごと》以外のなにものでもない。自分の手の中にある属州朝鮮を放擲し独立を許す案なぞに、李鴻章がわずかにでも耳を傾けるはずがないではないか。

李が自分の手を汚すまでもなく、そんな金がひねり潰されてなんの痛痒も感じないじゃないか？死体ごと朝鮮に送致し、処断を朝政府にまかせて当然だろう。

こんなことも分からぬほど金はおかしくなっていたのか？」

井上は諭吉のいつにない激しい言葉に気圧されている。

「先生、金氏は、独立党の旧メンバー、アメリカ亡命組とさえほとんど接触をもたなかったそうです。帰国し朝鮮で雌伏十年の兪吉濬、アメリカで市民権をえて医者になった徐載弼《ひつ》、そしてアメリカからただちに帰国して神戸に潜伏、明治二十六年（1893）、私立の朝鮮人学校『親隣義塾』を東京に創立した朴泳孝らは、この十年、自分の道『独立開化』をモグラさながらに必至になって掘り進めてきたといっていい。

でも、金氏はクーデタ時の意識に立ち留まったままでした。今度の暗殺劇は、そんな『幻想』破綻の終幕といえるのではないでしょうか？

先生もご存じのように、朝鮮政府は金玉均と同時に朴泳孝の暗殺も企てました。さすがに朴氏は警戒していたため、その暗殺劇は失敗し、実行犯も捕まっています。」

このとき、由吉と娘の由江が入ってくる。父は息せき切っていたが、娘ともども足音のほうは消していた。

「先生、朝鮮の農民暴動が拡大の一途で、それに茫然自失の朝鮮政府が清国に軍の投入を要請したとのことです。」

「じゃあ、天津条約違反じゃないのか？」

「いえ、日本政府もただちに朝鮮に軍派遣を決めました。ただし日本人居留民保護に限定した措置で、清政府に朝鮮出兵の範囲を照会している最中のようです。」

諭吉の目の色が変わっている。

「それにしても、また一つ大きな変化、新しい亀裂が日清朝三国間に生まれた。大事になる可能性がある。

金暗殺問題など、消し飛んでしまう爆発だ。」

「ただし先生、今度の東学農民反乱は起こるべくして起こったのです。否、政争の道具に反乱が利用されている節があります。

とはいえ国内の治安を守る力《パワー》をさえ扶養せず、もっぱら清の軍力に依存してきた属州朝鮮の化粧がはげ、ありのままの素顔がでたということですね。」

由吉、今日はとりわけ辛辣だ。諭吉がうなずき、言い放つ。

「まさにわたしが主張してきたように、国と国民の文明開化ならびに独立の基は、富国《ウェルス・オブ・ネーション》すなわち殖産興業と強兵すなわち軍事力《パワー》増強にあること自明なのだ。朝鮮の独立党に欠けていたのは、自国が富国と強兵をいかにして進めるのかという文明化の具体的道筋だ。

もう少し露骨にいえば、カネすなわち殖産もチカラすなわち軍も他国に依存《ディペンド・オン》して、なんの文明か独立か、ということなのだ。彼らには自尊は十分すぎるほどあるが、自立への根本策もその漸進的努力も、ない。」

その夜のことだ。かなり遅くなってから、由江が父の居室を訪れた。

「お父様、やはりお話ししておかなければならないことがあります。

二つで、ともに大切なことです。」

いつものように、主題をきちっと区切って、由江は訴えるように語り出した。

「今日の先生や井上さん、それにお父様の言葉をたどるだけでは、金氏の思いをくみとることができないのではないでしょうか?」

娘はまだ二十歳前の面影をとどめている。が、もうというかすでに二十八をすぎているのだ。もとよりそのことをよくよく知っているはずだったが、まぢかにその容姿を見つめる位置に膝をすすめた由江に直面した由吉は、妻の幸にはないドキリとするような娘の艶《つや》というものにはじめて気づかされ、あわてて視線を落とした。

娘は視線をまっすぐに立て言葉をすすめる。

「たしか、金氏が神戸から上海にむかって旅立ったとき、謀殺者とその仲間を除いて、ともなわれたのは小笠原で知り合った青年が一人、見送りも一人だけだったと聞きました。

つまりは帰還なきことを覚悟の密航だったと思われます。

わたしがお父さまに金氏の護衛を密かに命じられたのは、十年前です。札幌で居所を同じくした実年数はさほど長くはなかったものの、わたくし、日本亡命中、濃淡を含め最も長い時間を親しくおそばにいさせてもらった一人であったことは間違いありません。むしろお父さまとの関係よりも密接だった時期さえあります。

もちろん、金氏の動向は可能なかぎり正確を期してお伝えしてきたつもりです。でも文字にはできない心の景色というものをお伝えできたわけではありません。

最初、わたしがいちばん当惑もし、黙視できなかった金氏の行動に、女癖があります。

ただしそれは先生やお父さまと比較してのことで、直接見聞したわけではありませんが、伊藤、大隈、それに渋沢栄一さま等々と比較すると、何ほどのこともないといっていい程度のことではないでしょうか。

もう一つが酒です。酒癖というより芸者を侍らせる酒宴を好まれました。札幌では宴会ではなく、芸者を侍らすこと常でしたが、もっぱら独酌を好まれました。

東京に戻ってからは、誰彼とお会いになるようになり、自然、宴席に出る機会が多くなります。ただしそのほとんどはお招きで、それもあまり感心できない方たちとのお付き合いが多かった。でもそれもこれも、ご家族を失い、異境の地で、しかもグループの方と引き離され、ひとり長いあいだ政府の監視下に置かれた『孤愁』の反動かと思われます。」

ここまでゆっくり語っていたが、父が目線を落として耳をそばだてているのに気づき、逆に、由江はさらにいずまいを正した。

「わたしはこの二つの癖を、井上さんのいうように、湯水のように金を必要とし費やす浪費癖の原因と感じたことはありません。

札幌では、政府から支給される金《カネ》の範囲を、それも要人が通常必要とする範囲を超えていたとも思えません。東京では、政府からの支給が断たれ、誰に千円、どこかのグループから数千円援助を請うたような噂をよく耳にしましたが、実際手にした金の高は多くて噂の数分の一、通常は口約束がほとんどの支援というより、馳走だったかと思われます。

たしかに郭《くるわ》によく通われていましたが、それも相手の奢りの範囲を出ていなかったと観察しています。

もっと重要なのは、莫大な革命資金を必要としていたという諸説です。

はっきりいってこれは風聞というか、流言飛語の類です。金氏が自ら望んでその必要を説いたということではありえません。あったとしても、酒の上の、それも周りから出た与太話でしょう。金氏がそんな資金を実際手にしたことはなかったと、わたしは推断します。なぜか。もとより政府がもっとも恐れていたのは、どんな形にせよ、金氏が『革命』資金を日本で手にすることです。そのような『暴挙』が見逃されるはずもありません。政府それも内務省がもっとも警戒し、それこそが金氏を監視下におく要諦です。絶対にあってはならないのが、朝鮮革命・政府転覆の『資金』提供を日本政府が『許容』ないしは『黙許』したという事実です。

金氏の上海独航は、わたしの観るところ、ある種の自死行為に違いありません。日本政府の支援が完全に断たれ、独立グループから引き離され孤立し、兪吉濬、朴泳孝が公然とあるいは隠密理に朝鮮政治に復帰を図るなか、一人取り残された金氏がまったく前途の展望を失った結果と思われます。

金氏は、みずからの命が絶たれるとわかった上での上海行きだった、それがはじめて朝鮮で独立の旗を立て、一瞬ではあれ政権を手中にした、革命政治家に許された最後の行動であった、と思って間違いないのではないでしょうか。わたしにとってはこれこそが確信です。

金氏は、戯れ言にしろ、朝鮮独立と文明開化のために再起する、という勇ましい言葉をさえ、わたしが知る札幌移送のあと、漏らしたことはありません。むしろそのことが、最後まで母国の独立と文明開化を望みながら、一縷《る》の望みも断たれた、もはや『自死』いがいに道はないと確信せざるをえなかった結果の先に上海行きがあったのではないでしょうか。

『父』とも頼んだ朝鮮国王に見捨てられて暗殺者を送られ、師の福沢諭吉にも見限られ指弾され、亡命同志とも断たれかつ彼らからさえ疫病神同然とみなされ、日本政府はもとより日本人のほとんどすべてからも無視され、むしろ蔑視の対象にさえなったのだ、と考えたと思われます。

そんな金氏が、生きながらえてふたたび母国の土を踏む可能性さえなくなったと断じたことに、だれが非難できるでしょうか?

そして最後に、そのデリケートな金氏に堪えがたかったのは、小笠原、札幌はもとより東京に戻ってからも、暗殺者はもとよりその影さえも感じとることが出来なくなったという長い時間の経緯です。およそ祖国はもとより日本でも、まったく『政治』関心外の人間になりはてた、暗殺対象からさえ外された、という虚無感です。

暗殺者と知りつつ洪と上海行きをともにしたのは、以上の結果だと思われます。

そこには、躁鬱病、高揚と墜落周期の谷間での出来事も絡まっているに違いありません。

でも習癖や痼疾によって無謀な上海行きが図られたとするのは、やはりわたくしの認めるところではありません。

お父様、いかがでしょう。」

父は目を上げ、娘を直視しながら、しばし間をおいて静かにいう。

「然り、もって銘すべし、金玉均だ。

おまえのように理解する『友』が一人だけでも日本にいたのだ。それだけでいいではないか。

由江、私とは違うが、よかった。よくいった。心に残った。」

由江はしばし放心状態に陥っている。

もう一度目を高く上げ、だが柔らかい表情で、父に対面する。

由吉もこんどはゆったりと対応することができた。

「もう一つ、わたくしごとですが、お父さまにご報告しなければならないことです。」

「札幌で出会い、金氏とともに函館まで旅をいたしました、陸軍中尉、大村平八さんと結婚を約束しました。

三十四歳、佐賀生まれ。これは密を要するといわれたことですが、伊藤博文公の息のかかったお方です。でもお父さまだけには秘密にしてはいけないことだと判断いたしました。

以上のことは大村さんが参上の上、二人の口から直に報告するということでしたが、軍務ですぐに帰還が叶わないということがわかり、独断を許されると思い、わたし一人の口からの報告となりました。」

間はなく、静かな、だが用意されたような言葉が発せられた。

「おめでとう。それはよかった。

母にはおまえから報告するがいい。今すぐだ。

どれほど安堵されることか。」

母は、今宵にかぎって家のどこにも姿が見えない。

仕方なく緊張を解き、自室の畳の上にかるく身を延していると、父に語ったことにかんする二つの思いがどうしようもないほどの鮮やかさで蘇ってくる。

一つは婚約にかんして、父に語ったことの詳細である。もう一つは父に語ったことと真逆な、金氏にかんすることだ。近しくかなり長いあいだ交わった、一人の非凡な個人の「死」を直視した直後の想といっていい。

明治二十二年（1889）、金がリュウマチ治療を名目に上京し、三十日のところを十日余り伸ばして帰礼してすぐのころで、十二月に入っていた。

寒気のなかを大村中尉が金氏宅を訪れた。金玉均の軟禁、監視状態はすでになきも同然のさまである。

訪問を告げると、ひょいと細身の金氏自身が姿をあらわした。

「どうぞ、そのまま。由江君、すぐには手を離せない。どうぞどうぞ。」

挨拶もそこそこ、中尉は初めての訪問だったにもかかわらず、コートも脱がず、招かれるままっすぐ居間に進んだ。室内にはひどくいい匂いが漂っている。

「ああ、酒粕の匂いですね。では鮭の鍋物でしょう。腹が鳴ったばかりで、じつにいい時刻に来たものです。」

中尉はおもむろにオーバーコートを脱いだ。なかは軍服ではなく、きちっと背広を身にまとっている。それも袖を通したばかりの上下だ。

「どこかへ出発ですか？　新任地？」

「ええ、これから軍管区本部へ顔を出して、辞令を受け取り、すぐ出発することになります。」

「それは大変ですね。どちらへ転任ですか？　ああ、極秘ですよね。

いずれにしろ、おめでとう。」

大村中尉の大きな声が台所まで聞こえたのか、土鍋を手に、由江が入ってきて、目で挨拶を送る。

中尉の転任は先刻承知のようすで、由江が金氏に応じる。

「海外とだけ聞きおよんでいます。

金先生にはすぐお伝えすべきとは思ったのですが、ご自身からおっしゃるということでしたので……。」

三人だけの突然のお別れ昼食会が、酒なしで、すぐはじまり、そしてすぐに終わった。

「そこまでお送りして参ります。」

由江は金にかるく会釈をし、中尉を先に立て、冬枯れの戸外に出た。

すぐ、かるく深呼吸をする。喉の奥を突き刺すような寒気が触れる。

「手短にいいます。

あの函館行きです。幌別を過ぎたところで受けたわけの分からない不審者の襲撃事件がありましたね。どうも金氏自身が一枚噛んでいたようなのです。確証はありません。が、このことをあなたの胸にたたたんでおいてください。」

由江は中尉の目をまっすぐ見て、頷く。

「待っていてください。あなたがどこにいようと、迎えに参ります。かならずです。

二人でお父さんのところに挨拶に参りましょう。」

「……はい。」

明治二十三年（1890）四月、金玉均は、リュウマチ治療の名目で再上京を許された。ただし滞在期限、九十日をすぎても札幌に戻ることはなかった。（おそらく暗殺実行者洪にはじめて接触したのは、この時期ではなかろうか？）

そして十月末、内務・外務両省は、金に「内地自由居住」許可を正式に与えることになる。ここで金の亡命生活は、つれて由江の護衛生活も一変することになった。

金の「内地自由」許可には二つの意味がある。

一つ。金は居住場所を含めその行動が「自由」になる。

いま一つ、その生活は「自力」でということだ。

亡命当初、金玉均は政府から月百円を、そして大阪事件（に連座？）してから減額され、五十円を支給されてきた。小笠原、札幌時代だ。

ところが東京在住が許され、「自由」の身になると支援はうちきられた。つまるところ政府は監視下に置くとはいえ、日本に滞在する外国人と同じ扱いをする、ついては金氏の生死を含めその身に起こることに対して、外交上、日本政府は直接の責任を負わないということを表明したわけだ。

金は、有楽町にひっそりと居を構えたが、いろんな意味で「有名」人といっていい。

東海散士『佳人之奇遇』にも古筠《こいん》の雅号で登場する文人でもある。しかも、ひそかにではあるが、朝鮮独立開化の「大義」をかざす革命家とみなされていた。

それにこの人、交友術が巧みだ。千客万来というわけではないが、東京は「外地」小笠原や札幌とはちがう。世界に開かれた日本の政都である。当然、内外からの出入りも激しい。だが由江の護衛はなくなり、その監視さえもひどくおろそかにならざるをえない。

しかもその金、由江との接触さえ避けるようになってきている。大本の諭吉ともだ。

くわえて金、由江が足を入れるのさえはばかれる色街をことのほか好みだした。さらに躁と鬱が相互にあらわれ、痼疾リュウマチが重なる。

これらの「疾」が長い亡命生活で圧縮され、その濃度を高め続けてきた。それが「自由」をえたことで、箍《たが》が外れる。外れ方もさまざまだが、躁のときには「誇大妄想」狂さながらに、なにごともやすやすと実現可能のように思え、「革命幻想」に陥る。

暗殺者（洪）が革命資金調達および李鴻章との膝詰談判の橋渡しを示唆し、金がやすやすと香港に誘い出された直因は、この「病」のゆえに違いない。


そう、上海での暗殺劇は、およそ諭吉先生や井上（角）氏、さらには父の推断どおりだったのだろう。

父はわたしの推断を、「もって銘すべし、金玉均！」といってくれた。ほっとした。

同時に、「はたしてそれでいいのか?!」、という反問は消えない。「消してはいけない！」という声が重なり合う。

事件簿16　日清戦争に勝つの巻　条約改正の布石

1　諭吉の増税・軍備拡張論

福沢諭吉は『時事新報』で行きつ戻りつしている。

諭吉は、富国強兵を、なによりも武備拡張、とりわけ海軍増強を、日本国家の最大急務の施策たるべし、と訴え続けている。

じゃあ、諭吉は好戦・膨張論者か？　ちがう。その反対だ。

だが維新以降、諭吉は明らかに増税・軍備拡張論では一貫している。なぜか？

「開国」とは「開港」のことで、「海防」の力なしに港を開くことは外国の「腕《アーム》」のなかに身を投じるに等しい。国家の存立と国民の安寧を最小限でも維持しようとするなら、日本沿岸さらには近海の制海権を握るほどの自衛力を備えなければならない。日本にそのセキュリティを欠くこと、決定的であった。

なによりも海防力、とりわけこれは日本海軍の増強、否むしろ「創建」こそが必須であるというのは、旧幕府ならびに旧諸藩以来の意見であり、諭吉はむしろその尻尾にとりついていたにすぎない。

「一国立って一身立つ」は諭吉の言葉だが、それは日本の有識者に共通する言葉であり、とりわけ諭吉に親しい人たち、勝海舟、小栗忠順、坂本竜馬、五代才助、榎本武揚等々に共通する持論であった。彼らはみな、日本を取り巻く国家間《インター・ナショナル》の厳しい軍事対立関係を視野の外に置いて、国家の自立や自尊を説き、諸外国の侵略や干渉を指弾しても、無力であるとみなしていたからだ。

この事実を寸毫も見落としてはならない。諭吉の言葉で平たくいえばこうなる。

武備拡張には費用がいる。ところが政府の金庫は空だ。

緊縮財政を続け、貯まるのを待つか。それはできない。

西欧列強にぐるりと取り巻かれている。しかも隣国で、清が武備拡大を急激に図っている。自衛軍さえ蓄《やしな》いえない朝鮮の政情は不安定そのものである。ロシアの東方軍事進出は強力かつ急なのだ。

日本は緊急に膨大な軍備拡張を要する。その財源をえるためには、外国債を発行するしかない。

しかし、債務である。利子を付けて返還しなければならない。返還の目途なくして、借金はできない。これこそ日本国に直面する大事で、返還のための財源はなにかが眼目だ。

諭吉は、まずは酒税、それも清酒の税を上げるのが適切だという。

日清戦争まで、日本政府の税収源は地租税と酒税がその過半を占めた。

諭吉は、酒税を上げて、武備拡張のための外国債発行による債務返済の財源とすべし、と何度も何度もいう。その論法がおもしろい。

①清酒は中位以上のものが飲む。金にゆとりがあるから、少々値上がりしても差し障りがない。濁酒《どぶろく》はさにあらず。それに、日本の酒税は外国に比すれば、格段に安い。

②酒造生産者や販売者が、酒税値上げに反対するが、理に合わない。彼らの利益が損じるのではない。飲酒者の懐が痛むだけではないか。

また彼らはいう。酒の値が上がると、販売量が減る。営業益減を招く、と。その通りだが、統計の示すところ、減るのは一時的である。つねに旧に復す。酒飲みの数も、その飲む量の総計も、減らない。むしろ増える。

③酒よりも、塩のほうが薄く広く税をかけることができる、と主張する者がいる。だが、塩は必需品、酒は趣好品だ。塩は断てない。酒なら、断つも断たないも自由だ。酒税の値上げが嫌なら、酒を飲まなければいいのだ。(ただし人間、酒を飲まないわけにはゆかない。酒こそ人間関係の潤滑油でもある。)

今も昔も、増税「論」は、同型で、③のように屁理屈、こじつけの類も混じっておもしろい。それにしても、民主主義・平和主義者の代表と思われている福沢が、一見、激越と思えるような富国強兵論者なのに驚かされるだろう。それも急進的な軍備＝兵器＝軍艦拡張論者のようなのだ。

しかし、戦後民主・平和主義者がそう思いたがっているのとは違って、過去も現在も、民主主義と富国強兵は少しも矛盾しない。ギリシアのアテネ以来、例外はない。（なぜアテネを中心としたギリシアが軍事強大国ペルシア軍を撃退できたのか？　富国・強兵策をとったからだ。とれる財源＝富があったからだ。）

だが列強に取り囲まれ、裸同然だった明治期の日本と、敗戦後とは違う。こういわれるかもしれない。そうだろうか。

二十一世紀の日本は、軍備拡張を続けているチャイナとかつての世界軍事強国ロシア、それに世界最強の軍事大国アメリカに囲まれているのではないか。（この構図は、敗戦後、基本的に変わっていない。）そのさま「裸」も同然である。国防という点に関して、日本の事態は、明治期と根本的に少しも変わっていない。むしろ、対米軍事従属している現在のほうが、日本の国防条件は格段に脆い、ともいいうる。

諭吉の兵器拡張論が、またユニークだ。すなわち、攻撃力の拡大進歩は、つねに防御力の拡大進歩に優る。ところがついには、最終兵器、防備不能な兵器が現れて、攻防戦の勝敗を超える事態になる。（まさに核兵器が現れて、核兵器の使用が不可能になる。核兵器が、世界戦争を不能にしているようにだ。）

福沢のおもしろさは、どんな問題でも、自分の目の前にある自前の「手札」で解いて見せようという、現実主義者に特有な知的貪欲さにあるのではなかろうか。そこから、ときに、一見すれば唯武器論と見紛うような結論が出てくることもある。

諭吉は、つねに清国（とその属州朝鮮）の反文明＝野蛮さを痛烈に批判してきた。

明治二十七年（１８９４）八月一日、日本はその清国に宣戦布告する。

日本国開闢以来初の「宣戦布告」といっていい。日本国家も国民も実に初めての経験である。薩英戦争、長州対欧州連合艦隊との戦いとは、種類も勢いも比較を絶して異なるのだ。

もし敗戦ともなれば、亡国の恐れ、あるいは国家衰亡の端緒となり、日本人衰滅のリスクを賭けた軍事行動なのだ。しかも敵国は衰えたとはいえ大国清だ。このとき内閣は元勲伊藤博文率いる（枢密院推薦天皇召命の）超然内閣であった。

『時事新報』もこの布告にただちに応じ、「上下共同して国権の拡張」を図るため、福沢諭吉は「私金義捐一万円」を投じ、「全国四千万人の人種の尽きるまでは一歩も退かず」の決意を「社説」

で表明した。

これは福沢諭吉が「国権拡張」論者、好戦論者、さらには東亜侵略論者たることを自己証明する紛れもなき「証確」ではないか！　こういわれるかもしれない。

作者は、けっしてそうではない、と断じる。

ただし、たしかに『時事新報』の日清戦争に関する論調には、戦争（宣戦布告）「反対」あるいは「時期尚早」（「外交的手段を尽くして」）というような開戦「反対」論ないしは「消極」論はなかった。

だが諭吉が主張したように、「上下共同して国権の拡張」を図れ、では「ひとつ」である。


まずはっきりしなければならない。日清戦争とはなにかだ。

朝鮮半島の帰趨《きすう》をめぐる日本と清国との国家間対立と武力闘争である。

その日・清・朝の関係の理解について、時事新報内の論調は一つではなかった。大別すれば三種。
一、日本が清国に代わって「朝鮮改革」＝文明開化を断行し、独立へと導く。
二、朝鮮を清の属州から解き放ち、朝の独立を保証し、その文明開化を促進する。
三、朝鮮の文明開化を進める。朝鮮の独立は、結果（開化度）次第だ。
諭吉の首尾一貫した論調は、二であり、時事新報社内では必ずしも主流ではなかった。

その因は、ひとえに日本国内の政治や世論が一つではなかったからだ。

国内にけっして小さくない四つ目の潮流があった。朝鮮（外国など）にかまうな（から手を引け）で、朝鮮に関与するのは有害無益である、だ。

諭吉が主張する二は、明らかに絶対少数派であった。その端的な主張は「土地は併呑すべからず、国事は改革すべし」だ。

諭吉は、朝鮮の併呑を認めず、その独立を擁護するが、日本の援助なしに国事の改革、文明開化の実を挙げることはできない、と主張する。

この四つの分岐は、発足したばかりの国会（議員会派）の分岐にも現れ、内閣と議会の対立・紛糾となって現れた。それにくわえて、もっとも重要な外交案件がもうひとつあったのだ。何か？

伊藤（第二次）内閣の最重要な案件とは、伊藤が着手し井上から大隈へと引き継がれ（失敗に失敗を重ね）てきた、「半面的対等条約」を根本的に更改し、「全面的対等条約」案をもって各国に提議し、改正を図ろうとする、外相陸奥宗光が取り組んだものだ。なぜに最重要か？

条約改正は、朝鮮独立とは種類のことなる、日本の完全「独立」、つまり「関税自主権の回復」と「治外法権の撤廃」という、諭吉いうところの国家（国権）と国民（民権）の独立、つまりは「独立自尊」にかかわっているからだ。

しかも、外交（交渉）をめぐる国会の反対や混乱は、条約改正が成ればことごとく雲散霧消するたちのものだ、と陸奥外相は判断し、これに比すれば朝鮮問題などは添え物にすぎないと考えていたからだ。否、正しくはこの二つの重要案件こそ、日清戦争の「勝利」によって、物の見事、同時かつ一刀両断に解決をえることになるというもので、カミソリと異名を取った陸奥の見通しだ。

これは陸奥の鋭利な外交センスによるものであったが、同時に伊藤の年来の目論見と合致していた。ただし伊藤総理や陸奥外相の条約改正の目論見は、諭吉の視野の外にあったというべきだろう。諭吉は朝鮮戦争「勝利」の行き着く先に、金玉均が夢見ていた、なによりも朝鮮国の独立と文明開化の進展を見すえていたからだ。

だからこそ、諭吉は首尾一貫、国会混乱の真因を民党（対外硬派＝立憲改進・立憲革新・国民協会党ほかと、対外軟派＝自由党・無所属と）の無思慮無分別に帰したのだ。その最たる「愚行」こそ、星亨衆院議長の弾劾、不信任決議、衆院除名の決行であった。ただ議員数を頼んだ（だが星を選んだ選挙民の数を無視した）、スキャンダル（不徳義＝贈収賄）の疑いあるを理由に問答無用、「法律の吟味」なしに「感情一片」をもって懲罰をおこなおうとする国会が「純然たる多数圧制の府」に堕ちた、と断じる。（ちなみにいえば、星亨こそ、東京府議会内における福沢の最大「敵」であった。）

そしてこの国会の混乱と無秩序は、諭吉の見るところ、世論と国民の混乱と無秩序の反映でもあった。その混乱は時事新報社内にもおよんでいた。

これを清国および朝鮮国側から見ると、日本の政治混乱は政府も議会もセルフ・コントロールを失い、世論も国民も無秩序状態《アナーキイ》に陥っており、朝鮮問題にかかわっている暇（思慮）も力（軍事発動）ももちあわせていない証拠だ、という「戦況」観測・判断を生むことになった。

これはかつて朝鮮事変（1884年末の「金玉均の乱」）において、日本政府（と駐朝公使館）が、清国は仏と「戦争」中につき、朝鮮で軍を動かす暇も力もない、という甘い「戦況」判断をおこなったのと同種の誤りであった。

2　朝鮮事変、「決着」す

わが徳川幕府が開国時、米英をはじめとする欧米諸国と結んだ不平等条約の「改正」こそ、日本が独立国としての実質を試される、日本と日本人の悲願であり試金石というべきものであった。国会開設と憲法発布は、日本が多年希求してきた条約「改正」の布石でもあったのだ。

ところがその布石を打ってすでに七年、いまだ「改正」は実をあげることができていない。むしろ憲法発布と国会開設によって、条約改正は棚上げされた観を呈している。なぜか？

黒田首相と大隈外相が強引に進めた条約改正は、すでにロシア・アメリカ・ドイツ三国と調印を終えていたが、その条文に憲法と抵触する難点があるということになったからだ。とりわけ外国人

（判事）を大審院に任用するのは、国家主権なかんずく司法権を侵すという理由からである。

これは、条約反対・中止・延期派を最大限に力づけるものであった。しかも大隈が二十二年十月十八日、暴漢（玄洋社員）に襲われた。それを機に黒田内閣は瓦解し、三条実美暫定内閣をなかに挟んで、山県が組閣する。だが改正問題で火がついた反政府騒動はおさまらず、この難事を引き受けるのは伊藤（第二次）しかなかった。

その伊藤が条約改正の切り札として外相に登用したのが陸奥宗光（１８４４～９７）である。その陸奥こそ、議会はもとより内閣のなかに新たに抱えこんだ「爆弾」であった。


日本が清国に宣戦布告して数ヶ月、その戦況が国民の一大関心事の最中である。

由吉の家を夜半こっそり訪れた一人の青年がいる。背広姿で長身だ。

明治二十七年（１８９４）、暮れも押し詰まっている。学舎が連なる義塾の奥、福沢別邸に隣接する家屋の引き戸がそっと開けられ、だがよく通る声で、「こんばんは」と声を掛ける。すぐに、奥から無言で応じる動きがある。

「ようこそ、大村さん。ひさしくしておりました。」

この家の主、福沢由吉の愛娘、由江が招き入れた。母の幸も出迎える。初めて見る青年だが、娘から話は聞いていている。

玄関脇の部屋の引き戸が静かに開き、由吉が長身をかがめるようにして大村に対面した。

その由吉の脳裏を、一瞬、三十年前の極寒の中、夜半、中津藩中屋敷の学舎に諭吉を訪れた光景が駆け抜ける。光陰矢の如しだという思いだ。

由吉が立ったまま一礼すると、大村も敬礼を省き、ごく普通の調子で挨拶した。この青年、いつも率直で嫌みがない。

「釜山をぬけ、広島で一泊、先刻、新橋に着きました。

はじめまして。大村平八、陸軍大尉です。

由江さんには金玉均氏護衛等で、お手数をお掛けすることになりました。」

由吉は大尉を自室に招じいれ、暖を勧めた。といっても手焙《てあぶり》の類だ。遠慮なく手をかざした大尉は、由吉の大きな手と自分の手を見くらべながら、

「おおきいですね。」

と発する。はじかれたように、由吉が応じる。

「福沢先生の手もよほど大きいが、居合で鍛えられた手で、ゴツゴツしています。

あなたの手はしなやかですが、柔術をおやりですね。」

「はい。といっても自己流ですが。先生は天真流だそうですが。」

「ええ。だがわたしには、先生は一人しかおりません。別な呼び方をしてくれるとありがたい。」

一瞬当惑したような表情をしたが、大尉は悪びれることなく、

とよびかえる。由吉は何もいわない。この男、苦笑ほどのこともまだできないのだ。

「お父上。」

「朝鮮での戦いは、連戦連勝です。すでにご存じのように宣戦布告直前に、英国との条約改正が成りました。ドイツもこれに続くでしょう。

これこそ日本最初の勝利、わが独立の雄叫びです。」

由吉は強くうなずく。

「この大本の仕掛け人は陸奥外相ですが、とりまとめたのは駐独公使から兼務の形で駐英公使に転じた前外相の青木周蔵（1844〜1914）子爵で、最終段階で袁世凱の干渉と妨害にあって一頓挫しそうになりましたが、陸奥外相生涯の念願がその一命を代価に払うことで成就したといえます。」

「それは上々だ。

陸奥さんは、わたしが敬愛する坂本竜馬さんの愛弟子です。しかしこの人、切れすぎる。ために大局を誤ってきたといわれる。その最たるものが西南戦争で、西郷が勝つと観測し、土佐の陰謀に加わり、逆徒として下獄すること五年。この人、もとから血の気も多い。

竜馬さんが暗殺されたとき、新選組に殴り込みを掛けようとしました。」

由吉が大尉にこのあとをうながす。

「陸奥さんは、憲法発布に花を添えるべく外務省にはいり、絶対の自信をもって条約改正に携わってきたものの、ことごとく跳ね返されました。外相に就いてからも事情は変わりません。しかも死病が外相の弱った体から時々刻々最後の力を奪ってゆきます。」

このとき、引き戸が開き、膳をもって幸と由江が入ってくる。

質素な品数だが、別に大ぶりの徳利がついている。

徳利を手にした由吉がうれしそうに掲げ、

「これは諭吉先生のお古だが、特別のものだ。その来歴はあとまわしにして、まず一献。」

幸も、由江も、小さな器を手にしている。お互いに注ぎ合って、幸が音頭を取った。

「大村さん、よくぞいらっしゃいました。」

大村は、先ほどの話にまず決着をつける。

「ところがロシアが満洲から朝鮮半島、さらには清と日本に手を掛けようと策動しきりです。そのひとつがシベリア鉄道の貫通です。外からの妨害なしに、満洲、朝鮮、清、日本に手をつけることが可能になります。

これはイギリスのもっとも警戒するところで、日英の条約改正が朝鮮半島ひいては清国や日本へ手を掛けるロシアの力を殺ぐ、と陸奥は踏んだのです。

これこそ、条約改正の要を強引に英国政府とその議会にねじ込むことができた理由だと思います。」

大尉はここまでいうと、ほっと一息つき、盃を茶碗にかえ、一気に干した。その悪びれずに笑った顔が、なによりも美味《ウマ》いといっている。

「金玉均さんの死が、無駄にならなかったのですね。

大尉、それで日本は清国に勝っているのでしょうね。」

由江のあまりにも直截な問いには目配せで答え、大尉は続ける。

「日清戦争といわれます。だが第一に気をつけてほしいのは、出兵の理由です。

清が属州秩序の回復であり、日本が朝鮮独立とその秩序回復だということです。

朝鮮政府にとっていずれが正義ですか？　といっても、王室も政府も、そして元老たちも、先の甲申クーデタの件が根強く頭に残っています。

日本政府に対する不信が強く、日本の公約も、力も頼りにならないというわけ。

しかも属州であることに慣れ、清の強大なること疑うべくもなく、それに従うにしくはない、と決め込んでいる。

ところが兵を先に動かしたのは清国、袁世凱だったが、機先を制し漢城を占領したのは日本軍で、その指揮を執るのが、新公使で駐清全権公使を兼ねる大鳥圭介（1833～1911）、おん歳六十三歳、若い袁世凱（1859〜）から見たら、ご老体もご老体。

ただし、大鳥さんは百戦錬磨というか、煮ても焼いても食えない古強者で、しかも戊辰戦争の生き残り。

対するのは、李鴻章の意を受け、半島で権力のかぎりを振ってきた袁世凱。これまでの日本公使の軟弱ぶりに加え、このたびはスクラップまぢかの長老を送り込んできた、まるでやる気がない、と決めつけたのが躓きのもとで、袁はつねに後手後手と踏み、清軍は陸で後退を繰り返し、平壌を明け渡し、絶対自信の黄海海戦でも完敗、瞬く間に朝鮮半島に清兵の影を見ることさえできないという惨状を呈することになります。」

「その大鳥少将、もと医師で、適塾では福沢先生の先輩、戊辰の役では旧幕陸軍歩兵大隊のトップで、箱館山の生き残りです。まさに古強者。」

由吉がつけ加えると、由江が問う。

「じゃあ、金さんたち独立派が望んだような、日本主導による朝鮮王室や政府の改革は進んだのですね。」

「そこが難しいところです。王室も、政府も伏魔殿さながらで、元老、執政こぞって狐狸の類と思ってまちがいありません。

それに、始末に悪いのは、最終的に清の勝利を疑っていないことです。日本優勢が事実となっても、日本は朝鮮を清国に代わって属州にしようとしている、という猜疑心で凝り固まっています。」

「日本軍は黄海戦を制し、陸軍も北京まぢかに迫ったものの、そこで戦線が膠着状態に陥っているのかな？」

戦況でもっとも知りたいポイントを由吉が尋ねた。はっとしたように大尉は膝を改める。

「以上はわたしの個人的な戦況観で、広島の大本営の見解とは関係ありません。」

もとよりという姿勢を大尉が示したそのとき、玄関の引き戸が強く引かれる音がした。

すぐ板戸が開いた。瞬間、大尉の体がすっと立ち上がる。


「そのまま、そのまま。」

と手で制しながら入ってきたのは諭吉であった。

「先生、最新の戦況報告がもたらされつつあります。それあるかと思い、由江を迎えに伺わせました。」

「何よりの知らせだ。詳しく知りたい。君が、かの金君護衛に助力くださった大村君か。さっとでいい、はじめからの話をざっと聞きたいね。ぜひともお願いする。」

応じた大尉は、牙山から始まり、勝利を分ける戦いといわれた平壌を落とし、黄海海戦を制し、戦線が北京にせまったまま膠着状態に陥っている現状までを、端折らず丁寧に繰り返した。

大鳥公使のところで、諭吉は、この周知の友人のボケぶりをよく知っているので、一瞬鼻白んだのが面白い。

大尉が特段強調したのは二点だった。

「日清戦争といわれます。たしかに日本は清国に宣戦布告しました。ですがこの場合、清国とは大清帝国そのものではなく、その一部、属州朝鮮を含む北洋軍閥、李鴻章が支配する領域を指します。したがって清帝室とその政府も、この戦いの敗色いよいよ濃厚になると、この戦争の帰結、したがって戦後処理をひとり李鴻章の肩に預けるという冷淡ぶりです。

もちろん、戦線が北京周辺まで拡大すると、帝室を中核とする清本国も黙っているわけにはいかないでしょう。万が一、どれほどの幸運に恵まれても、チャイナ本土、否、北京に手をつけて全面戦争におよぶ愚は避けるにしくはない。

これが宣戦布告するときの伊藤首相の思惑ではなかったでしょうか。」

「なるほど。重ねて聞きたい。伊藤君は朝鮮を独立国として扱おうとしているのか、それとも領有下に置こうとしているのか、あなたの観測を聞かせてくれないか。」

大尉は即答しなかったが、その答えというべき第二の点、熟考のすえ発せられた言葉は明確だった。

「わたしの信じるところ、伊藤首相の脳中、朝鮮領有施策はありません。当分占領は続くでしょう。だが、朝鮮独自の戦力は微小で、なきに等しく、国内治安を保つことさえ不能な状況下で、占領の主目的は、清の反撃あるいは他国の攻撃から朝鮮国を守るためです。

もちろん政治です。何が起こるかわかりません。でも総理の期するところを推し量ることはできます。

伊藤公の思惑にあるのは、朝鮮独立の援助でしょう。それが日本国ならびに国民に最大益をもたらすという考えからではないでしょうか。

ただしかの国と国民への援助、これこそが難事業でしょうが。」

すかさず諭吉が質す。

「あなたの観測で結構、朝鮮は独立するに足る富国強兵を達成することができると思いますか？」

「残念ですが、はっきりいって、できないでしょう。できたとしても総ざらえのドブ掃除を必要としますから、時間はかかります。その長さの計測はできません。

なぜか。朝鮮人自身のなかに、国王や重臣はもとよりその末端に至るまで、朝鮮の自立を自身の手でなしとげようとする人、セルフ・ヘルプの人ははなきに等しいのではない、と思量できるからです。

もとより福沢先生もいないし、金玉均はすでにおりません。伊藤首相もいませんね。」

「では大尉は、金君こそがその稀で貴重な人材だったと思うのだね。」

「そうです。まちがいありません。でも先生、金氏にも先生のいわれる富国強兵策はなきに等しかったと思います。

国を富ませ、国民多数を扶養し、あらゆる方面で国力を強化しようという思想、あえて文明開化の思想といいますが、そういうものは金氏の思惑の外にありました。もちろんわたしの観測にすぎませんが。」

「金君にしてそうか。……。そうだね。たしかに。……」

こう確認する諭吉の表情には、悲しみはあったが失望の表情は見られない。誰にしろ、諭吉自身でさえ、文明開化の思想はあったが、それが朝鮮半島で実現する確かな道を見いだすことはできていない。

3　かなう、竜馬の「夢」

なぜだろう？　きちっと解明しておくべき事柄にちがいない。これこそ諭吉の強い思いだ。

朝鮮事変の中心、甲申のクーデタすなわち金玉均の乱に代表される一連の朝鮮半島をはさんだ日朝清の軋轢と抗争、総称して「朝鮮事変」が、日清戦争談判の下関講和会議でいちおうの決着を見るところまできたからだろう。

どういうことか？

朝鮮半島では、日本（公使館）が主導する政治経済改革、甲午改革が開始された。

まず国王の名で「独立」が宣言され、「軍事機務所」が設立された。軍事下における国政のいっさいを審議裁決する臨時（独裁）機関で、総裁の金集弘以下すべて朝鮮人によって構成された。

まず閔閥ならびに大院君閥が追放されはじめた。

だが新たな障害物がはやくも姿を現しはじめた。ようやく父大院君と閔妃の両閥アーム（腕）から抜け出した王の「暴走」がはじまったからだ。

しかし年末には金弘集内閣が成立し、独立（宣言）にともなう政治改革が公的姿をもつこととなった。その象徴が、甲申クーデタで金玉均とタッグを組み、日本にながく亡命を強いられ、つぎつぎ暗殺者まで送り込まれてきて、第一級の国賊扱いを受けてきた朴泳孝が、帰国し、内務大臣に任命されたことだ。

だが諭吉自身に関していえば、心奥はあいかわらず曇天空のままだ。なぜか？

諭吉自身がこの事変の背後で糸を引く「黒幕」の一人とみなされてきたからだ。

その「評判」は少しも払拭されていない。それに重ねて、さる十四年政変の黒幕、反伊藤・反藩閥勢力の中心、すなわち大隈重信・岩崎彌太郎・福沢諭吉トリオの一角と喧伝されてきたのだ。この十数年にわたる疑惑の雲が晴れたわけでもない。

だが、いま、還暦を迎えた諭吉のなかに、日清戦争の帰趨を聞くに及んで身のうちからふつふつと湧き上がる喜びがあった。

なによりもまず、国家破滅、日本人衰滅の危機を免れた、というほっとした安堵感があった。日本人絶対多数に共通する感情だ。

さらに、諭吉が長年提唱してきた、「一国立つ、一身立つ」がいよいよ本格軌道に乗り、文明開化の歩が加速するという確信、近未来に対するより積極的かつ攻勢的な期待の高まりである。

くわえて、この夏（七月）にはすでに英との間に新修好通商条約（改正）が結ばれ、維新以来、日本政府が最大の懸案事項としてきた国家的プロジェクト、安政五年（1858）に結ばれた「不平等」条約（領事裁判権と関税自主権の喪失、片務的な最恵国条項）が撤廃され、日本独立、「一国立つ」に盤石の礎が据えられたことだ。

ただし諭吉にとって、この二つの礎石は、およそ三十年の長きにわたって、一人の人物と固く結びついていた。その口から堰を切ったかのように言葉が流れ出る。

諭吉の語りは、静かだったが、同室の人たちに沈黙を強いるほどに熱を帯び、その両眼は湿りを帯びてとじられたままだ。

いつにもまして背を伸ばし起立していう。

「竜馬とわたしは同じ年に生まれ、武士とはいうものの名ばかりの半端者で、しかも若くして郷里を離れ、たがいに知るところなく、志も異なった、まったく別な生き方をしてきたといっていい。その二人が、竜馬の誘いで、郷里中津に戻る途次、はじめて豊後は天領の日田で会うことになった。偶然とよんでいいが、元治元年（1864）四月のことで、もう三十年前の昔になる。

ここにいる由吉君がそのときの生き証人だ。

以来、竜馬の死までの四年余、思いのほか会う機会に恵まれ、時間は長くなかったものの、胸襟《きょうきん》を開いて語り合うことができたように思う。

ただし、竜馬は倒幕による文明開化、わたしは幕府による文明開化であった。

竜馬画策の薩長同盟とわたしが信じた小栗忠順氏主導の幕府改革とでは、一見して真逆に思えるだろう。が、かならずしもそうではない。竜馬の師匠は勝海舟で、わたしの先生筋に当たる小栗忠順とは、犬猿の仲とはいいながら、ともに海軍を本拠とする幕臣で、将軍が主君であった。

わたしの信じるところ、文明開化の中心にあるのは、一国の統一であり、ひとつの政府、ひとつの議会、ひとつの法律である。それをまとめて国権という。ならんで重要なのは、自由と平等で、民権だ。自由市場経済であり、四民平等、身分・門閥制度の撤廃であり、学問の自由である。この民権の基礎となるのが「一身の独立」で、わたしの生命と財産はわたしのものといういわゆる『私的所有権』だ。

自由を拡張して富国と強兵を推し進め、目指すは『一国立ち、一身立つ』、すなわち日本国の独立と日本国民の自立の実現である。この点で竜馬と私のあいだには一寸の溝もなかった。

由吉君がいうには、あるとき竜馬は私の『西洋事情』の写しを懐に入れていたそうだ。

私が想定していたのは、英国流の政治体制をモデルとする日本独特の立憲君主制であった。竜馬はプレジデントを入れ札で選ぶアメリカの政治手法をえらく気に入っていた、というようにいわれる。だがそれは「流民」中浜万次郎がアメリカで聞き知った言葉をなぞってのことにすぎない。

英国流とアメリカ流の違いは、立憲では同じだが、一方は君主制であり、一方は共和制である。日本も英国も君主制だが、皇室と英国王室は、歴史も実態もかなりというか、おどろくほど異なる。皇統の違いだ。日本のような皇統をかくも長く持続している文明国は、他に類を見ない。

もとより勝さんも竜馬も、根っからの尊皇派で、皇室を尊崇している。慶喜公の尊皇とは違うが、わたしも尊皇派で、この四人に共通するのは非攘夷ということだ。異なるのは、皇統に対する距離の取り方である。」

ここで諭吉は片膝をつき、目の前にある湯飲みに注がれた酒をきゅっと掬《すく》うようにして口に運び、フッと息をひとつ吐き、続けた。

「しかし攘夷に反対するとはいっても、降りかかる火の粉は払う、というのが一人前の国・政府やその民の正常な態度である。当然、払うには払うだけの物心両面の準備がいる。それなしに外国人を血刀振り上げて襲うなぞは愚の骨頂だ。ましてや日本人と外国人とを問わず、暗殺におよぶような人間たちなぞは、疫病神に等しい。

わたしも何度か襲われたが、竜馬は大政奉還を掲げてついに命を落すことになった。痛恨の極みで、どういう理由であれ、だれであれ、『殺すのはいかん』を竜馬の遺言のように大切にしてきたのが、ここにいる由吉君だ。

よくよく知っておいてほしいが、私は幸運にも由吉君の師となることができたが、もう一人の由吉君の師は、ほかでもない竜馬なのだ。竜馬は生涯刀を抜かなかったそうだ。刀嫌いのわたしが居合の鍛錬を欠かさないのは、また由吉君が刀を腰に差しても殺す道具にしなかったのは、竜馬の遺訓というべきものなのだ。

じゃあ、竜馬は武器を持たない、闘う準備も必要なしとする、廃武器平和論者だったのか？　そんなことはない。まさに逆だ。

師の勝さんが、長崎で、広島、そして江戸でと、生涯にわたって何度も幕府の仲裁役を繰り返し演じたが、幕府海軍の大改造・増強案を提出し続けたのとは裏腹に、神戸海軍操練所に手をつけたこと以外、プランは出すが一度も自ら実現に踏み出さず、軍備増強に手を染めなかったのとは、真逆だった。

竜馬は、薩摩の英艦隊との闘い、長州の欧州四国連合艦隊との闘いも、それを無謀と見なしながらも、その準備と開戦におよんだ勇気には、したがって戦後処理の見事さにおいても、感嘆しきりだった。一藩（国）独立を実行におよんだからだ。

だからこそ、仇敵同士の薩長二藩の軍事同盟を軸に倒幕運動を起こせば、日本の無血革命も不可能じゃない、と踏んだと思える。それが『大政奉還』の儀で、もちろん反・倒幕軍事衝突が起これば、即刻はせ参じるための兵器・補給準備を怠っていなかった。

日本に内乱、本格的な国内戦争が生じ、その帰趨が長引けば、西洋列強が、政治や経済干渉を越えて、軍事介入したことまちがいない。日本は四分五裂の状態となり、独立を完全に失い、ひとつの政府、ひとつの貨幣、ひとつの国語したがって教育も不可能となり、文明国としての基盤を失う。属国と化す。

これこそまずもって避けなければならない第一事案だ。竜馬と私に共通する不抜の意見だった。

だが事態はそのように進まなかった。日本と日本国民が自立自尊で進む根太を失ったからだ。つまり新政府が徳川政府の正統な後継者であると諸外国から承認を受け、当然にも、幕府が結んだ不平等条約をそのまま受け継がねばならなかったからだ。

新政府はその発足直後から、条約改正を最も重要な国家課題として取り組まざるをえなかった。国家の完全独立のためだ。この条約改正を諮《はか》る第一陣として、新政府の中枢を握る岩倉具視（右大臣）、大久保利通（参議）、木戸孝允（参議）を中心とする遺欧使節の異例というほかない長期派遣がある。

各国の反応は、厳しいの一語につきた。対等な条約を結ぼうとするなら、対等な国内条件を整備するにしくはない。新政府発足十年にして、維新の生き残りというべき西郷・大久保・木戸はもはやいなかった。それでもかろうじて岩倉という頭脳が生き残った。岩倉さんが大久保の国家改造意志を体する伊藤を動かし、画策したのが日本独自の立憲君主政体、すなわち憲法の発布であり、その政体のもとで国会を開設することである。

じつは私を奈落の底に落とし込んだ十四年政変の裏側に仕掛けられていたのが、飛躍台《スプリングボード》たる帝国憲法だ。これにほとんど気づくことができなかったのはわたしの不明であった。

憲法と国会が生まれた。憲法は見事だったが、国会は混乱の坩堝《るつぼ》で、そこに起こったのが日清戦争である。

この戦争は、二つの難事と思われてきたものを、一つはあっというまに解決し、もう一つははからずも解決した。

後のほうの解決からいおう。金玉均の夢、朝鮮独立の実現だ。ただし半分というか、正確には独立の一部といわなければならない。だがカケラではない。

金は朝鮮の独立と文明開化を目指した。朝鮮政治を牛耳ってきた清盲従大院君と清隷属閔妃の二派閥清算である。これはなった。だが清事大主義はなくなったか？　否だ。反日あるいは親日にかかわらず、『寄らば大樹の陰』式の事大主義はいささかも減じていない。

金が目指したのは、国王中心の文明開化路線の推進だ。その頭脳のポストに金が座る。

たしかに文明開化の図案はこの福沢のものをなぞっている。だがこの夢はとうてい叶《かな》うような質のものではなかった。ただひとつ叶ったというべきは、国王の『自立』だろう。

王は、誰のコントロールも受けない運転を要求しだした。金の夢の破産で、帰国した朴や、義塾卒の兪吉濬は政権内で重きをなしているが、その行く末が危ぶまれる。とりわけ、朴はシャープで、金とちがって慎重派だが、陰謀家だからね。」


諭吉はここで長嘆息する。

「大尉、何かつけくわえることはないだろうか。」

いつも冷静な大村が酔ったように聞いていたのだ。応えようがない。

諭吉は一度体を伸ばし、今度は水を一口喉奥深く流し込んだ。くぐもるような音が聞こえ、由吉がかすかに膝を震わせる。


「難事の一つめは、条約改正の実現だ。障害はいくつかあった。

第一は国会内の反対だ。これは政府案には何が何でも反対を唱える分子で、数が多く、厄介だ。

第二は政府内、もっと広く、政権内の反対だ。これはよほどに強固だ。

第三は、条約自体に反対で、だから条約改正にも反対なのだとする派で、ぞんがいこの数は多いとみなくてはならない。

この、国と国とが自由に行き来することができる時代になっても、「自主・自立」外交を掲げる一派だ。この自主・自立とは、愛国主義を掲げてはいるが、排外主義および鎖国主義の別名だ。ただ時代錯誤と侮《あなど》っているわけにはゆかないほど大きな潜在勢力なのだ。

ところがである。朝鮮国内動乱が因で、日本と清国が大軍を朝鮮に派遣することになった。朝日両国内で蜂の巣をつついたような政治対立騒ぎになったか？　否だ。蜂の巣をつついたような騒ぎはいっぺんに収まり、国論統一というような状態があっというまに実現する。

『泥仕合』という言葉がある。発足した国会がまさにそれだ。先の国会で軍事費の削減を要求し、そのわずかな減額と引き換えに予算案を承認したのが民会であった。ところが朝鮮出兵が閣議決定されるや、臨時軍事費一億五千万円という巨額を瞬時に全会一致で可決した。

あわせて閣内対立や不一致はやみ、『自主』外交などという時代錯誤な暴論を叫ぶグループも姿を消した。あっというまに国論統一が生まれたのだ。この点、驚くべきことというよりむしろ脅威と思った方がいい。

この間隙を縫って、先ほど大尉も話されたように、陸奥外相の手で条約交渉が一気呵成に進められた。標的はまず英国だった。英国が落ちればあとは芋づる式に進む。したがって、朝鮮で戦端が開かれ、初戦を制することができれば、清国や日本の国内事情に精通している英国との条約改正交渉の帰趨が決まる。これが陸奥の目算で、みごとに的中した。

さらに条約改正によって日本と英国との外交上の結びつきが強固になれば、勝算も格段に増し、戦勝も強固になる。こう踏んだ陸奥の賭も的中した。

だがわたしがここでいいたいのは、由吉君がすでに指摘したことかもしれないが、陸奥の賭、条約改正を果たし、日本が独立の盤石《ばんじゃく》をえるという構想は、実に、竜馬が夢の実現でもあったということだ。これを何度でも強調しておきたい。

もっとも竜馬は開国時、英仏米蘭露と約した条約の弊害を知っていたが、それをどのような道筋をへて改正すべきか、諸国平等の通商と航海関係を樹立できるのかの手法を知ることはなかった。ただし新政府内で、外交通といわれる井上馨、寺島宗則、大隈重信諸氏の手を経ても、条約改正はつぎつぎに頓挫し、改正というより改悪になると喧伝され続けてきたのだ。

その不可能事と思われてきた案件を、日清戦争のどさくさに紛れていとも巧みに快刀乱麻を断つがごとく処理して見せたのが陸奥だ。この陸奥こそ、若き日、竜馬の直弟子だった。彼が竜馬の夢を実現したのだから、もって銘すべしだ。

話に熱が入った。入りすぎだ。まだ語り残したことがあるようだが、ここいらでおいとましよう。大村大尉、お会いできてよかった。由江のことはくれぐれもよろしく。では……。」

諭吉は、まだ気持ちが残っているのか、口の中で何かつぶやくようにして、由吉に抱えられるようにして退去する。

玄関口には、由吉の妻幸が出迎えている。あいかわらず細く、若々しい。ならぶと娘の由江と背格好も同じで、姉妹のように見える。

4　朝鮮始末

日清戦争、日本朝鮮出兵は、朝鮮半島をめぐる日本最初の国運を賭けた近代戦争であった。つまりは、一国立つか、しかして一身立つか、がその中心問題であった。

これこそ諭吉文明開化論の要中の要（a vital point）である。

ところが海外諸国間の予想に反して、日本陸・海軍は、開戦以来、予測をはるかに超えた、しかも迅速果敢に戦線を拡大しつつ、朝鮮半島から満洲の入り口旅順（遼東半島）をあっというまに制圧し、黄海海戦で完勝して黄海、日本海、東シナ海出入口の制海権を握った。まさに、当初予想をはるかに上回る「完勝」とよぶにふさわしい戦果である。

この戦争の清国最高責任者で、朝鮮半島を実質支配下においてきた北洋軍閥大臣、李鴻章が全権大使として下関にやってきて、全権大使の伊藤首相と膝を交えたのが、明治二十八年（１８９５）三月二十日、すでに戦線は北京を侵すにたる距離、天津を直前にして、膠着状態に陥っていた。

会談場所は下関の高台にある春帆楼で、まさに伊藤のホームグランドである。

講和の調印式を終えたのが四月十七日で、その間一月弱の短期間と思えるが、はじめは日本の苛烈な要求に、休戦を断った李鴻章の思惑が外れ、この短期間に日本軍は余力を北京へ向けずに、台湾占領へ投入したのだ。

省り見れば、この戦役で、李の思惑はことごとく外れたといっていい。

そもそも、日本軍が朝鮮半島で戦端を開くとは、たとえ開いても大軍を派遣し、しかも清軍に先んじて漢城を占領し、陸軍も海軍も総力戦さながらにつぎつぎと精鋭を繰り出してきたことが、李の想定外のことだった。

しかし勝てば官軍、負ければ賊軍である。李はこの敗戦の結果に、さらには講和会談中に九死に一生を得たとしか思えない暗殺事件にさえ、たんたんと堪え、事に当たっているように見えた。だがかつて（明治十八年）天津で李が伊藤と膝を交えたときとは、真逆の立場に両者はあった。かのときはじつに、日清が朝鮮に対して対等関係に立つという「建前」のもとに、朝鮮は清国の属州であるという歴史事実を再確認しなければならなかったのだ。

それがまったく逆転した。そして講和条約はほぼ日本の要求通りに結ばれた。

重点を列挙すれば、

1　朝鮮の完全独立の承認。

2　①奉天省南部（遼東半島）、②台湾と付属諸島、③澎湖列島（清国本土と台湾の中間地点に点在する要衝）の割譲。

3　賠償金二億両（〔三国干渉により遼東半島の割譲をやめた代償三千万両を加えると〕日本国家年間予算の四倍強、現在の価格で約四三兆円）。

4　日本を最恵国待遇とする友好通商条約の締結。

ところがである。交渉中、李鴻章は暗殺劇で一命を取り留めただけではない。「死んだふり」をしていたのだ。負けっぱなしに甘んじることなどできない、不死身の宰相を証明して見せた。それこそが大清帝国の大執政官をもって任じる老雄の誇りでもあった。

ことは、日清講和条約が締結されるや、ただちに露仏独共同の三国干渉が起こったことで、李が仕組んだ毒液の正体が伊藤や陸奥に判明する。この三国干渉に日本が仲介役をと望んだ英と米が第三者的立場を取ったこと、日本には致命的だった。

英米は第三者的立場に立つほど冷静だった。この機をつかんで日本がさらに強大になることを危惧したからだ。

三国が日本に勧告したのは、遼東半島領有の放棄で、理由は、遼東半島の領有支配が清国の首都北京を脅かすだけでなく、朝鮮の独立を有名無実にし、ひいては極東の安定と平和を妨げるであった。

伊藤首相と陸奥外相はこの勧告を苦渋のうちに飲まざるをえなかった。清（北京）はもとより露と事を構える余力が日本軍には残っていなかった。しかも台湾占領と統治が予想に反した難事で、原住民の頑強な反抗とマラリア等の熱病に苦しめられたからだ。

それに三国干渉に屈した日本を見るや、日本出先機関の指導に唯々諾々と従っていた朝鮮王ならびに閔妃派勢力が、ふたたび一斉に頭をもたげてきた。

諭吉は、由吉を介して大村平八大尉（1861〜）に連絡をつないだ。

会って、朝鮮半島の新しい局面について、ぜひ意見を伺いたいが、どうか、ということで漠然とした話題だったが、連絡はすぐついた。

「お忙しいところを、時間を割いて頂き、ありがとう。由江にもお手を煩わせたそうで、このたびも、じつにありがたい。」

いつものように日焼けした色艶ながら、少し疲れた様子の大尉、まっすぐ諭吉の目を見つめつつ、いう。

「わたしのほうでも、ぜひ先生にお会いしたいと思っていたところで、いくつか新しい情報もお知らせできるのではないか、と思ってやってきました。」

会見はまったく個人的なもちろん内密なものだった。ときに明治二十九年（１８９６）夏の盛り、場所も前回と同じ、由吉宅の居室だ。

大村は前年、すでに大尉から少佐に昇格していることを、由江が紹介する。

「先生、とくに内密にしようと思ったのではありませんし、他の誰かに明かしたわけでもありませんが、前回お会いしたときにそのチャンスがなく、いいそびれてしまいました。申し訳ありません。

わたしじつは伊藤総理の目となって動いているものです。もちろんわたしの個人的な動機にもとづくもので、総理から特に命じられたものではありません。金氏への接近、護衛も、総理の意を体したつもりでした。

以上は前置きで、先にわたしから先生にお聞きしたいことがあります。」

諭吉も由吉も、特別の反応もなく、ごく自然に頷いた。

諭吉が、無言でどうぞというようにうながす。

「わたしの目にしたかぎりの無記名の記事や社説にかんしてですが、最近の時事新報は少し論調が変わっているように思われます。いかがですか？」

諭吉は即答する。無表情なままだ。

「私は最近ずーっと、朝鮮については書いていません。

だが、どこがどう異変だと感じられますか？」

「率直にいいますと、朝鮮は独立した。閔妃殺害も高宗のロシア公使館への移御《いぎょ》という異常事態も、朝鮮の国内問題であって、わが日本やましてやロシアの干渉、手引きなどではない。

したがって、このような国王を中心とする異常な政治状況のもとでは、日本は政治指導の責任を負えないし、ましてや独立国にふさわしい改革も不能だ。

このような論調と思われます。」

「そういう調子だね。」

「じゃあ、朝鮮の文明開化は不能だ。そう先生も考えられているのですか？」

「最重要な問題はその文明開化だ。それが可能なりやで、少佐はどのように考えるね？」

「不可能です。なぜか。

独立国の体をなしていないからです。この国王、この国父、この王妃を中心とする、権力の簒奪合戦の構図がなくならないかぎり、変事は止みません。」

「閔妃殺害も、大院君追放も、高宗ロシア公使館逃げ込みも、政府をまったくないがしろにした王室内の朝令暮改と暗躍の不可抗力の結果です。」

諭吉はつぶやくように、つけ加える。

「かかる結果の代償は大きい。」

「その通りです。ですがあらぬ方向に進んでいます。

井上全権公使が派遣され、閔妃閥を抑えるために復権させた大院君がことあるごとに改革の足かせとなっていたことを革《あらた》め、追放し、金弘集をトップにまた朴泳孝を内務大臣に据える改革路線内閣をお膳立てして帰国しました。

そのとたん、閔妃派が復権、朴泳孝を反逆罪で追い落とし（日本再亡命）、ロシア公使館の後押しを担保に反日行動をあおります。その結果、日本とロシアの両公使館が衝突、渦中にいた閔妃が殺害されるにいたります。」

「これは『不死身』といわれた閔妃にとっては『事故』というべきものではないだろうか？

日本側は妃殺害の責任者として三浦公使他二名を逮捕、実刑に処した。最大の問題、不明なのはその後のことだ。

君の意見を聞きたい。」

「王が世子を伴ってロシア公使館に逃げ込み、そこを王室として次々に反日・反改革の勅令を出し続けたことですね。問題は二つでしょう。

一つは、ロシアがいかに強国だといっても、朝鮮とくに漢城は日本が軍事支配している地区です。このようなロシア公使館と朝鮮王の反日言動がいつまでも許されるでしょうか？

二つに、許されないとしたら、日本は王位簒奪までを視野に置くべきでしょうか？」

「いや、問題はもう一つある。朝鮮の文明開化は可能なりやで、これこそ根元にある問題だ。」

諭吉の口元に、そして言葉にも、強い意志が戻ってきたように、由江には感じられる。

諭吉は続ける。

「大村君にさらに聞きたいが、朝鮮の文明開化の条件は、率直にいえば、何か？」

大村は即、断じた。

「朝鮮王室の廃止です。これ以外にありません。

もし存続するにしても、イギリスや日本の王室と同じように、王室を先生がいわれるように『政治社外』におくことです。

ロシアや清の王室のように、無制約な政治決定力を与えるのとはまったく異なったものになる必要があります。

でも、朝鮮にもロシアにも、そして清にも、日本のような皇室の伝統はありません。日本だって皇室が政治の主導権を振るいえた時代があり、皇室が動乱の根元になった時期もあります。その最後が後醍醐天皇の時期ですね。」

諭吉は大村をじっと見つめたまま、つぶやくように述べる。しかしその言葉には強い響きがあった。

「ようやくのこと了解した。

朝鮮の文明開化は実に長い道のりになるかもしれないということだ。むしろいまのところよほどの変化がないかぎり、不可能になる確率のほうがはるかに大きい。

まず、朝鮮の通弊、チャイナの属州であるのに対国内向けの政治権力は王に集中している、という歴史がある。ここにはネーション、国家もピープル、国民もいない。だから文明開化の政治経済策も、強兵策も不要だ、いらぬ日本人のお節介だという意識で、王だけでなくその取り巻きも固まっている。

この通弊を打破する朝鮮内部からの力は存在しない。金玉均にも根本ではなかった。

いまや属州はやんだ。が、むしろ厄介さが強まった。王の無制限で自己中心的な権力欲だけが闊歩しはじめている。この王権を強く制限することができるまで、そして朝鮮人の多くがそれを望むまで、粘り強く日本は朝鮮統治、コントロールを続けることが不可欠だろう。

当面はロシアの介入を可能なかぎり防ぎながら、日本は朝鮮で富国の策、ビジネスを進めることに主力をおくほかない。

いずれにしても長い道のりになる。わたしが生きているあいだに、そのとっかかりにでも出会えることができると、いいのだが。」

ここで身を乗り出すように由江が大村少佐に尋ねた。

「伊藤総理は朝鮮に対してどのようなお考えだと思われますか？」

少佐は、「なんだ⁉」という表情をチラリとも見せずに、答える。
「福沢先生と基本ではほとんど変わらないと思います。
朝鮮半島は日本国家存立の生命線だという認識で、あえていえば、文明開化はその次です。先生
これでいいですね。」
諭吉は小さいが強く頷いた。
「もちろん、政治の舞台には何が起こるかわかりません。
しかし伊藤総理は、ロシアとの決定的な対立を可能な限り避けつつ、同時に決裂の時期を探り、
開戦の準備も欠かさないという、粘り強い、しかし周りからは煮え切らない、ために非難と攻撃に
さらされるという態度をとり続けるほかないと考えられている、と思います。
まさに清国を破って、朝鮮に独立をプレゼントした日本政府、そのトップの伊藤総理には、八幡
の藪知らずに踏み込んだ感がするのではないでしょうか。
これこそは、日本に仕掛けた李鴻章のもっとも巧妙な罠といってもいいのではないでしょうか。」
諭吉はただ黙って少佐の語るのを聞いている。
少し間をおいて、一言ぽつりと言葉が漏れた。
「因循姑息の策の外なしだね。しかし日本はこれからも富国強兵で行くしかない。その力で文明開
化を進めるためにもね。さようだね、大村君。」

朝鮮半島の統治を巡って、日清の第一ラウンドに続く第二ラウンドのルールを決める、日本とロシアの交渉が行なわれた。

小村寿太郎が、最後には山県有朋が狩り出され、明治二十九年（1896）九月六日、モスクワでロシア外相ロバノフとのあいだに、朝鮮問題に関する議定書が交され、半年のあいだをおいて、翌年二月に公表された。

この協定は、李と伊藤のあいだで交された天津条約の再生版というべきもので、異なるのは朝鮮は属州ではなく独立国であるという体裁だけがととのったにすぎない。

同じ年の十月十一日、朝鮮国王高宗が、皇帝を宣し、大韓帝国が発足する。

だが独立基盤である富国強兵力を欠いた、百年河清を待っても文明開化の訪れるチャンスのない、オモチャの帝国である。

日本はこの偽帝国に何度も手ひどいしっぺ返しを食らうことになったが、日露戦争後、朝鮮は日本の保護国になり、明治四十三年（1910）八月、日朝合併により、歴史からその姿を消すことになった。

残念ながらというべきか、当然というべきか、文明開化を疎外する朝鮮君主政体が取り除かれたそのときから、朝鮮の文明開化が本格軌道に乗りはじめたといっていい。

明治十五年（1882）、金玉均が諭吉のもとをはじめて訪れてからおよそ三十年経っていた。そして諭吉が没してからすでに十年を閲していた。茫々たりしかして赫赫たり文明開化である。

事件簿17　富国と強兵の巻
〈架空対論〉福沢諭吉（1935〜1901）を遠く離れて

なぜ以下のメンバーで架空対論《アーム・チェア・ディクタティブ》を試みるのか？
諭吉の〈空白〉となった晩年を明らかにするためだ。
もちろん諭吉本人は登場しない。

0　対論者の紹介

三宅雪嶺（1860〜1945）　万延元年（桜田門外の変）から日本敗戦まで、文字通り日本近代の光と闇を生きた代表的哲学者で、徳富蘇峰（1863〜1957）とともに、この時代の生き証人。諭吉にかんする決定的な論評《コメント》も少なくない。代表作『宇宙』、『同時代史』、『英雄論』、『世の中』、

『戦争と生活』等々、ことばの正しい意味で、真正の百科全書家《エンサイクロペディスト》。日本人は、雪嶺ではなく、西田幾多郎を代表的哲学者として奉じた。近代日本の知的不幸のひとつだ。

司馬遼太郎（1923～96） 福沢の生きた時代を活写し、戦後日本人の歴史観に決定的影響を与えた時代小説家で戦後を代表する思想家。代表作『竜馬がゆく』と『坂の上の雲』等は、福沢と同じ主題《テーマ》、教育・富国・強兵論を詳細に論じている。福沢とは微妙に異なるとはいえ、幕末から日露戦争期までを知るための必須文献である。ただし司馬は対清・露戦勝とともに対米敗戦を知って小説《ヒストリイ》を書いている点を留意したい。

西部邁（1939～2018） 戦後のアメリカニズム、端的には、産業主義と民主（大衆）主義が牽引する社会と思想の批判者として論壇に登場した、真正保守主義を奉じる思想家。その鋭利な手腕は、異色の評論（伝）、『ケインズ』と『福沢諭吉』に的確に示されている。諭吉を産業主義と民主主義の代表者とみなしてきた「通説」に懐疑を示し、諭吉の立論、富国強兵・自立自尊を肯定し、それを儒学の伝統（保守主義）のなかに再配置する妙技を実現。

司会　福沢由吉（1846～1918） 諭吉の隠密で、もう一人のユキチ。諭吉をもっともよく知る。

1　国粋と欧化

司会　まず最初に、福沢観を根本でおさえるための評価軸をおひとりずつお聞かせください。

1　「国粋保存」

三宅　明治「維新」（王政復古）全般を、「国粋保存」の見地からとらえる、これがわたしの一貫した主張です。いわゆる「欧化」一辺倒をよしとするヨーロピアナイズに対抗するためです。一見、福翁とは正反対の立場にあると思えるでしょう。そうではありません。

祖先伝来の旧事物を保存し、欧米の事物に対抗しようとする「守旧論」、文字通りの「国粋主義」とは根本でことなります。この点で福翁の「文明開化」と異なるところはありません。

だから、日本開化の中心である首都において、閉鎖・攘夷論を復活させようとするがごとき「国粋党」ではけっしてありえません。

わたしがいう「国粋」とは、たとえ欧米の風俗や事物を採用しても、あるいは旧来の風習や事物を打破しても、日本在来（固有）の精神を保持し顕彰するためであり、文明社会の知識思想から生まれたもので、旧物保存主義ではありえません。

なぜか。「国粋とは、無形的の元気にして、一国の特有であり、他国が模擬すること不能なものである。」（「余輩国粋主義を唱道する豈偶然ならんや」『日本人』明22／5／18）からです。

だからこそ「大日本帝国憲法制定が日本建国以来の盛挙」であるというのです。なぜか。戊辰の革命（明治維新）のごときは、六百年来の幕府を倒し、政権を帝室に収攬したのであって、旧制に復したに過ぎない。今日の改革（大典制定）は、開明社会の人民には適合しない君主専治制が改められ、世界各国あげて政体のもっとも優美なるものと称道されている立憲君主制の根基を肇開《ちょうかい》されたのである。かくして君主と臣民との感情が、暴力や強制によらずに、一致投合することが可能になった。国家と国民との間に隔意なき基が築かれた。盛挙であるという理由だ。したがって、日本国民は大典と時を同じくして生まれたのだ（「日本国民は明治二十二年二月十一日を以て生まれたり」『日本人』明22／2／18）と明言するのです。

残念ながらというべきか、福翁は大典制定にかんするこのような見解を吐露してはいません。なぜか、はとくと考えてみる要があると思います。

ですが、福翁もまた、日本の歴史伝統を踏まえながら、開明的なものをむしろ積極的に取り入れることを躊躇しない、日本と日本人に固有なもの《アイデンティティ》の未来的発展をめざすという点で、復古主義の欠片《かけら》ももちあわせてはいません。

それに福翁もわたしも、ジャーナリストです。時々刻々に変化する時局を論じることをつねとしながら、片時も大きな発展的原理思考を忘れない論述態度で一貫しようとしています。

司会　いま、先生がいわれた、残念ながら諭吉には大日本帝国憲法に関する率直な評価がなかったという理由について、すこしお聞かせ願えないでしょうか。

三宅　これはあくまでもわたしの推測です。

福翁は筐底《きょうてい》に秘すべきとした「痩せ我慢の説」を生前に公開されましたね。わたしは、一読、あまり感心できなかった。

ただし翁自身はとてつもなくの「痩せ我慢」の人でした。卑俗にいえば、負けず嫌いですね。だが、翁がもっとも「痩せ我慢」をしなければならなかったのは、伊藤博文公です。とりわけ十四年の政変で背負い投げを食らったのには、恨み骨髄に達していたと思います。またその感情が翁を奮発させたといっていい。

ところが大典制定です。そして朝鮮半島を挟んだ日清戦争勝利です。伊藤公の大功で、翁は公に完膚なきにまで制せられた、と感じたに違いない。それでこその諭吉翁でしょう。

ところが諸手を挙げて、大典制定と日清鮮の勝利を言祝ぐことをしていません。その痩せ我慢こそ、いかにも諭吉翁らしいといえますが。

司会　諭吉先生は、非公式ですが、大典に「脱帽」、と率直にいっておられましたし、朝鮮の領有支配を捨てた伊藤公の策も、先生と終始一貫同じものでした。

2　「尊皇攘夷」

司馬遼太郎　福沢諭吉は、わたしが主要人物として書くことほとんどなかった重要歴史人物の一人です。「諭吉」は、と漱石や子規を呼ぶように、スッと呼べないのは、諭吉自身とともに時代思潮にも責任があると思います。

諭吉を、幕末にかぎらず死ぬまでずっと苦しめたのは、「尊皇攘夷」という思想です。

諭吉は通常、「尊皇攘夷」の反対者で「文明開化」の推進者とみなされています。しかし幕末から日露戦争まで、ひとかどの思想家で「尊皇攘夷」をいだかなかったような人はいない、と断言していいのではないでしょうか。

たしかに諭吉は、いわゆる「尊皇攘夷」派に敵視され、蛇蝎のごとく嫌われています。じゃあ、諭吉は「反」あるいは「非」尊皇なのでしょうか。「反」あるいは「非」攘夷なのでしょうか。そんなことはありえません。

あえて極論を張れば、諭吉のさらには日本人の心の奥底を覗くことはできないということを考慮しても、天皇は日本国と日本人の統合のシンボルであり、だからこそ皇統（皇室伝統）は「政治社外」の存在である、とはっきり断定したのが福沢諭吉です。

もちろんこの規定は諭吉の独創ではありません。この規定を単純明快かつ如実に実践したのが、信長であり、秀吉であり、家康と徳川幕府です。岩倉具視であり薩長土肥閥です。ええ、土佐の勤皇党も、新選組も、水戸派も、大げさにいえば、幕末維新期を生きた、ひとかどの人士ならずとも、おおよそすべての日本人は、意識するしないにかかわらず、「尊皇」派でした。

そうではない。諭吉こそ「反」攘夷派の有力な一人である、と反論されるかもしれません。しかし諭吉は自身を真正の「攘夷派」とみなした時期があります。第二次長征の時期で、幕府（老中小笠原長行《ながみち》）に建白書を提出しています。そこで、

長賊の尊王攘夷は口実にすぎない。下関の一敗（対四国連合艦隊戦）以来、しきりに外国人に近づき、外国に学生の密航を企て、下関に外国の姦商を呼び寄せ、密貿易をし、武器等も多数買い込むというように、国禁を犯している。これを懲罰するのは、世界に広く長賊の悪行を知らしめる大義にほかならない、と書いています。幕府こそ文明開化の盟主である、とみなしてのことです。

この時期、諭吉は『西洋事情』を書き上げ、「幕府による文明開化」を主張する小栗忠順《ただまさ》に共鳴していました。そうそう諭吉は明治改元のとき幕臣でもありましたね。

だがしかし、この建白書は幕吏時代のことにすぎない、渡米の便をはかってくれた軍艦奉行木村摂津守のたっての頼みだった、やむにやまれぬものだった、といってすませることができるでしょうか。

わたしにはすますことはできないと思えます。なぜでしょう。

「攘夷」とは「自衛《セキュリティ》」の盾と矛のことだからです。薩の対英戦争も、長の対四国艦隊戦争も、一藩（state）の自衛自立の戦いです。「攘夷」とは一国・一藩自立＝自衛の戦いで、幕府の「開国」も「一国立つ」、すなわち日本の独立＝自衛＝自治の戦いである、というのが諭吉の偽りのない真義でした。

したがって、ことばの響きには感心できないが、「攘夷」（夷狄を打ち払う）とは排外主義（一辺

倒）のみさすのではなく、そのうちに諭吉が終生かかげた「一国立つ」の基本戦略を含むものだといっていい、というのがわたしの理解です。

私見では、「尊皇攘夷」とは、三宅先生がいわれた「国粋保存」と表裏一体の関係にあるといっていいと思えます。

司会　そうですね。福沢先生はけっして水戸学流の天皇主義者のごとく生きることはしていません。しかし、自身が尊皇であること、それを疑ったことはありえません。なによりも司馬さんのおっしゃられるように、天皇は「政治社外」の存在だからこそ日本と日本人を統合する歴史存在、皇統だ、と考えていたことまちがいありません。

3　公序と旧習

西部　諭吉は「腐儒」をことあるごとに批判し、「門閥制度は親の敵」とまでいっている。

ここから諭吉を欧化主義者、すなわち「進歩」プラス「平等」を第一義に掲げる合理主義者でヒューマニストに仕立て上げようとする流れが絶えることなく続いている。

ところが諭吉は、父百助を儒者とみなし、自身も儒学から出発して蘭学に、さらに英学に転じてからも、一度なりとも儒学を手放していない。

これは一人諭吉独自のことではなく、幕末から明治期を通じた、さらには昭和期のはじめにいたるまで、日本の有識者に共通の教養、もっといえば識者共通のマナーだった。渋沢栄一の「論語と算盤」、内村鑑三さらには山本七平の「聖書と論語」もだ。

敗戦後、この「論語」が日本人の素養からもののみごとに抜け落ちた。それにたとえ文盲でも「門前の小僧習わぬ経を読む」体の流れが民間にあったということだ。

最近、孔子を「革命家」とみなす論述をいくつかみかける。孔子こそ、旧秩序・旧習の破壊者であるという意だ。しかし孔子がめざす第一義は公秩序・公義の確立・維持で、それも旧秩序である周代の公序・公義をモデル（アイデンティティ）にしたものだ。では孔子はめざす公序と公義を確立することができただろうか？　できなかった。なぜか？　旧秩序・旧習の改変は短期に困難だからだ。ふたたび、なぜか？　この問いに答えることこそ論吉終生の根本課題だったといえる。

では諭吉最後の論述は何か？　『福翁百話』『福翁百余話《グランド》』で、その内容も体裁も、「福翁論語」、「文明社会の論語」といえるもので、諭吉に儒学の素養があればこそのことだということは、少しも強調されない。

また諭吉はつとに「文明開化」の先導者、平たくいえば産業主義と民主主義の鼓吹者のごとく語られてきた。しかしこれは諭吉を、さらには日本近代の政治経済文化すなわち文明を、平板な「自由と民主と進歩」で染め上げる迷妄策動に他ならない。

いみじくも三宅先生がかかげる「国粋保存」と同じように、諭吉の「文明社会の知識思想」もまた、「国粋保存」があってこその「欧米風俗事物の採用」であり、「旧来風習事物の打破」もおのずと「日本在来（固有）精神の保持顕彰」をめざしたものだ。

公序なしに良俗はもとより自由も平等も育たない。習俗（manners and customs）なきところに私徳は育たない。これが諭吉の考えである。

古習に惑泥する者を排撃するが、その古習惑溺を排することは難事だ。なぜか。古習の強さは習俗になっていることにある。習慣はディ・バイ・ディ、漸進主義によってのみ形成される。したがって、漸進主義によってのみ改変可能になる。古習を改変するためには、古習のなかで新習を育てていくほかない。これが諭吉の考えだ。

司会　耳学問にすぎませんが、イギリスには習慣と経験を最重要視する考えがあるということですが、要のところをお聞かせ願えますか？

西部　いえそれはご専門の三宅先生にお願いするほかありません。

三宅　イギリスに経験主義という流れがあります。代表する哲学者はデビッド・ヒュームで、アダム・スミスの兄貴分です。

経験の連鎖《コネクション》には必然性すなわち法則はない。すべての生起終焉は偶然だ。しかし同じ原因のもとに同じ結果がくりかえしくりかえし生じると、そこに必然性（とよびうる）法則が生まれる。まさしく経験の積み重ね、くりかえし、ステップ・バイ・ステップの経験・復習こそが、旧習のなかから新習を生み出す原動力だという考えです。

司会　経験に照らすとその通りともいえますが、何か雲をつかむようなあやふやな「論理」のように聞こえますね。でもたしかに福沢先生こそは経験主義に徹していたということができると思えます。

4 国権と民権

司会 よく諭吉をして国権主義者なのか民権主義者なのか、という議論がなされます。三先生にこの議論の是非をお聞かせ願います。

三宅 福沢翁の時代意識に最も近いわたしにいわせれば、翁が国権主義者か民権主義者か、という二者択一議論の組み立て方自体がおかしい。国権なきところに民権なぞありえないからです。もちろん、国権（だけ）がきわだっていて民権の（ほとんど）ないケースはざらにありますが。

たしかに「人民主権」などという言葉がある。人民を代表する（と称する）国家権力を握ったもの（たち）の権力で、国家権力と別物ではありません。

シナの皇帝（独裁）もフランス革命で国家権力を握ったジャコバン派（プープル主権派）も、どう名乗ろうと、国家権力の掌握・執行者でした。

司馬 この議論の是非という点にかんしては、三宅さんの言葉に尽きていますね。

ただし民権の保証と拡大を図らない国権のありかたはいただけませんし、諭吉のものではありません。

福沢は「官尊民卑」や「門閥政治」をことあるごとに批判しています。しかしそれは国権「乱用」や権力「腐敗」を批判しているのであって、「国権」をましてや国家主権を否定しているわけではありません。

もちろん世界には、国権だけがあって民権のほとんどない歴史例はあります。その数はけっして少なくない。むしろ多いといってもいい。シナ歴代王朝および中華人民共和国やロシア帝国がその例です。

さらにいいますと、国権・公徳が私権・私徳の領域に踏み込まないことをもって、近代文明国家権力の成立とみなす見方もあります。しかし国権が確立していないところに私権あるいは民権が成立するような事例があるとしたら、それは特殊例外というほかありませんね。

西部　なぜ民権か国権かなどという二者択一の議論が生まれるのか。
日本と日本人が「国家」消滅あるいは被占領の歴史をもたずにきたからで、「国家」は自然と同じようにいつも・いつまでも「ある」という共同意識（幻想）のたまものだ。結果、幕末まで「国境」意識さえなかったも同然で、領土とか領地はすべて「国内」問題であった。

三宅　維新以降の日本政府の、同時に諭吉の関心の第一義は、「自立自尊」です。それもまずは国家の自立自尊です。

ただし維新以降の日本国家は、自立自尊をいたく毀損されるような事例に何度も遭遇しました。国（と民）の恥辱です。それを雪《そそ》ぐために不平等条約改正を国策とし、さまざまに試行錯誤します。

その改正のためのいくつものハードルを取り除く最後の「国内問題」が憲法制定と国会開設でした。

明治国家、その権力行使者である明治政府は、このハードルを自力でつぎつぎに超えてゆこうとします。その歩みはおよそ三十年を閲《けみ》していています。遅速に見えますが、そうじて順調だったというのが私の見方です。

西部　注目すべきは、自国政府がやれる改革はどしどしやっている。漸進主義だが、一つ一つを点検すると、「革命」というに等しいような、したがって「反革命」の蜂起が予測されるような「改変」だったといえる。

まず版籍奉還（明治2）、廃藩置県（明治4）、徴兵令（明治6）、警視庁設置（明治7）で、国家権力基盤の改変があった。ついで集会条例、刑法制定（明治13）、国会開設の勅諭（明治14）、華族令（明治17）、内閣制度創設（明治18）等々が続く、内政の整備がある。

諭吉が最後まで「官民協調」を貫くことができたのは、官への「妥協」ではなく、官の「改革」が、反革命の制圧を含めて、鋭意あったからにちがいない。そのうえで国権発動たる朝鮮半島をめぐる日清戦争があり、勝利があった。日本国権（国家権力）の勝利であり、民権の協調あってのことだった。

日本開闢《かいびゃく》以来はじめての、対外国との戦争におけるパワーによる勝利で、まがりなりにも「富国強兵」の勝利だ。このときはじめて日本人は「国威発揚」、官民こぞって自立自尊の実体に触れたといっていい。

だからこそ、諭吉も「官民協調」から一度もぶれる必要がなかった。それも明治十四年の政変のように、「官」（伊藤博文）から背負い投げ等をくらいながらであった。

そしていかにも諭吉らしいのは、いつも「屈辱」を「勝機」に転じている。

5 大久保・岩倉・伊藤

司会 いま西部先生が十四年の政変を例に挙げました。

それで日本の国家権力の行使者、政治指導者をとりあげて、福沢先生との関係を、好悪も含めて、お話しいただけないでしょうか。

まず司馬先生からお願いします。

司馬 明治政体の建設者という観点に立てば、王政（復古）の岩倉具視、国権（確立）の大久保利通、国体（明徴＝証明）すなわち帝国憲法制を実現した伊藤博文の三人でしょう。
しかし三宅先生が明記するように、江戸から明治への転換＝創業という観点に立てば、長州の高杉晋作、薩摩の西郷隆盛の存在を抜きに語ることはできません。この二人がいなくても明治は生まれたと思いますが、あるいは小栗忠順が目指したような幕府による文明開化になっていたかもしれません。

西部 私はとくに立てるべき人をもっていない。というか個々の政治家の事蹟についてはよくは知らない。
だが福沢諭吉がいう国権との関係でいえば、諭吉は、幕府では勝海舟ではなく小栗忠順のプランにもっとも近く、朝廷では岩倉具視を敬して遠ざけ、そして畏友大隈重信にではなく伊藤博文に二重感情を懐いていることまちがいない。伊藤がぶれていないからでもある。いずれも推測の域をでないが。

三宅 西部さんの指摘は鋭いですね。いずれにせよ、わたしたちはほかでもない幕藩制下に生まれました。これが福沢さんという人間、その思想と行動を、しかも日本人というものを素《す》で知るためのキイポイントではないでしょうか。

福沢さんは、けっして円満具足型の人間ではありません。むしろ負けん気の強い、心底では負けを認めるが、それを口には出さない人です。

廃藩置県の断行（大久保）、帝国憲法の発布（伊藤）にも、心底は驚き賛同《ワンダーフル》したはずです。ええ、わたしの維新三傑は、西郷・大久保・木戸ではなく、発端が高杉、倒幕が岩倉と西郷、国権確立が大久保、そして大久保の素図をまとめたのが伊藤と山県で、その伊藤は政党政治をはじめて民権確立を図り、原敬へとバトンタッチしています。

福沢の仇敵とみなされていた星（暗殺）と福沢の死は同年（1901）で、いかにも象徴的であり、福沢は指導政党なき国会の不毛を終生嘆いていた。伊藤と原への推移に、星亨が関与していることも忘れてはいけない。

2　ナショナリスト

司会　福沢はナショナリストである、これが三先生の共通認識と理解します。

しかし広く知られているのは、福沢の共通像《イメージ》とはかなりというか、根本的に違っています。

福沢は、江戸期にあっても、明治期に入っても、反あるいは非ナショナリストで、反戦平和と民主主義の代表者、すなわちヒューマニズムを反体制の立場で主張した自由主義《リベラリズム》の代表者であり、しかも功利主義思想家で啓蒙＝教育者とみなされています。

1　『福翁自伝』に欠けるもの

西部　そういう諭吉の一般像、広く流布している幻像《イマーゴ》を作り上げた原因の一端、核心の一部は諭吉自身にある。端的にいえば、晩年に出された『福翁自伝』だ。

福沢の著作で有名なのは『学問のすゝめ』と『福翁自伝』で、『学問のすゝめ』はベストセラーになったが、よくできたというか用意周到に書かれた本で、きちんと読めば、「一身・一国立」をめざす「富国強兵」策《ポリシイ》を展開した、一般論ではなくほかでもない日本論だ。ところが今も昔も、読者は自分の「都合」で読む。

これに反して『福翁自伝』は、反儒＝容洋学＝拝跪欧文明、反権力＝反藩・幕・薩長＝反権力・

非戦・非暴力＝自由・平等・平和のヒューマニストとしての自画像が前面に出てくる。どうしてなのか？　はなはだ疑問だ。

総じて「自伝」は難しい。若書きはまだいい。「訂正」可能だ。しかし晩年の「自伝」はそうじてまずい。多くは「晩節を汚さない」という感情に支配される。しかも訂正は不能になる。

福沢は「平衡感覚」のとてもいい人だ。足して二で割るというふうの「平均」ではなく、剣が峰すなわち境界線でこらえる体の「平衡」で、『自伝』にはこの感覚が明らかに後退している。緊張感が稀薄になっている。どうしてこんなことになったのか。

体調、とくに脳が混濁したとも思えない。「晩節」を汚すと解されるようなエレメントが、きれいに取り除かれている、としかいいようがない。

司馬　西部さんのいわれるように、総じて自伝から、とくに『福翁自伝』から福沢さんの人生を読み込むのは危険ですね。とくに書かれたことよりも、「書かれなかったこと」がポイントになります。

問題は『自伝』で書かれなかった日清戦争を、「反・非文明」に対する戦い、出兵を清の「属邦」支配から朝鮮を解放する「義戦」だとしたことでしょう。当時、正岡子規（１８６７〜１９０２）は陸羯南《くがかつなん》（１８５７〜１９０７）の庇護を受け、新聞「日本」の記者になり、「小日本」編集責任者として、意気込んで義戦に「従軍」してます。

わたしは朝鮮出兵・対清宣戦布告を「義戦」とした当時の世論ならびに「時事新報」や「日本」

の論調をまるごと否定するものでも、またできるものでもない、と思います。
しかし歴史から学ぼうとしたら、この戦争を朝鮮独立と文明開化のための戦い、すなわち義戦とするのは明らかに一面的でしょう。

西部 司馬先生、戦争に義戦も、善戦・悪戦もありません。ましてや非戦など愚の骨頂です。
自国と自国民の独立を衛るか否か、すなわち出兵か否かの分かれ目は、「自衛」の戦いにおいて許されるだけです。

司馬 では日清戦争は「自衛」の戦いだったといえるのですね?

西部 西欧列強の基準《スタンダード》でいえば「自衛」戦です。自国の権益と居留する自国民とその家族の安全を衛るという意味では。
だが朝鮮国の政治経済文化を、なによりも朝鮮国人の「自治《セルフコントロール》」を抑制・侵害するという点では、日清両国の侵略戦争にちがいない。ただし朝鮮は国権をもたない国だったことも考慮しなくてはならない。

司馬 では、西部さんは「自衛」か「侵略」かの区別はない、というのですね。

西部 そうではない。「自衛」か「侵略」かの境界線はないということで、自衛がいつでも侵略に、侵略もまたいつでも自衛に転じる、これが戦争だというのだ。
まことに厄介なことに、この境界線をみない、したがって踏もう・踏み越えるなどとは思いもしない非戦・反戦派は、「国権」をまったく考慮の外におく、裸のエゴイスト(私権論者)というべき人たちのことで、朝鮮出兵を国権の発動たる義戦とした福沢や子規は、そういう人とは違うわけだ。

福沢は、自伝で日清戦争を腹蔵なくそう語るべきだった。もっともそう語っても、それがそのまま出版されなかったという事情があったらしい。

三宅　西部さんにそういわれると、歴史の現場に立って朝鮮出兵を「義戦」とみなし、その勝利を言祝いだ私などには、立つ瀬がありませんね。

では出兵などせず、朝鮮を清の属州のままにしておいたら、どうなりました？

西部　否も応もなくロシア帝国が侵出していたでしょうね。日本が出兵し、勝利したのにもかかわらず、実際そうなった。とはいえ出兵を控えたとしても、自国防衛のために、日本と日本人は「富国強兵」を強力に推し進める以外になかった。

日清戦争後、ロシアが満洲から朝鮮に侵出し、朝鮮では反日・抗日運動がかえって高まった。対して日本は富国強兵策を強力に推し進める。これ以外の「自衛」策はありえない。

結果、日露対決となり、ロシアを満洲と朝鮮から撤退させることが可能となった。厄介なことに、国権をもとうとしない名義だけの韓「帝国」を併呑する結果になる。

この経緯は、日本と日本人にとって、司馬先生も書かれているように、正当な過程だったが、錯誤のはじまりでもあった。その節目に伊藤博文を暗殺で失っている。

三宅　では福沢さんや私と同じじゃないですか？

西部　いえ「義戦」などというものはない、「自衛」の戦いは不可避だということで、ネイション・パワーの保持のためだ。もちろん自衛戦争だから、勝つこと、正確には負けないことを目してだが。領土の拡張、つまり侵略は致し方ない側面をもつものの、あらたな問題を抱え込まざるをえないということだ。

2　国境と生命線

司会　西部さんのいわれるように、福沢先生は「自国防衛」を不可避とするナショナリストでした。ただし他国の独立を侵すことを是とするナショナリストではなかった。

西部　でも朝鮮は独立国ではなかった。王権はあるが、国権も富国策ましてや自衛のための強兵策もなく、国内争乱さえ自力で抑える力さえなきに等しかった。

独立国の体裁は、日清戦争以降、日本の財政・軍事援助がなければ保てなかった。しかも占領した日本からロシアのアームに逃げ込もうとしたのだ。

こんな朝鮮の政情のなかで、清に代わってロシアが軍事侵出してくるのを指をくわえて黙過する、あるいは朝鮮半島から撤退するのは、日本の国益に反する。これが日本の国権者・政府に共通の判断で、総じて「間違っていなかった」という他ない。

司会　では日清戦争前後、日本の「国益」とは何だったのでしょう?

三宅　第一に、大日本帝国憲法で明示された日本と日本人を統合する「国体」の保持です。

第二に、宣戦布告直前に締結された「日英通商航海条約」で、領事裁判権の撤廃、居留地での行政権の回復、最恵国待遇の相互性回復、関税自主権の一部回復等で、日本は欧米諸国と対等な独立国として認められ、振る舞うことです。

第三に、実がこれがもっとも肝心なのですが、「国益」の第一義は、領土の保全と保持で、他国の侵略を許さない体制の確立です。

まことに遺憾なことながらというか幸運なことに、日本は開闢以来、朝鮮半島が大陸や海洋から日本への侵入、侵略を阻んできた絶好の緩衝地帯であったことです。いわば日本防衛の「生命線」とよびうるものでした。

西部　もちろんこの生命線は生命そのものたる「国境」ではない。たとえ失うようなことがあっても、自衛は可能でしょう。日本政府には朝鮮半島撤退という選択肢もありえたわけだ。

私は司馬先生作品の熱心な読者ではないが、『菜の花の沖』『坂の上の雲』『疾風韃靼録』を、ロシアの東亜侵出物語、したがって日本の生命線をめぐる、そう開闢以来の「自衛」戦の記録として読むことが可能だと思えたのですが、どうでしょう。

司馬　そういうテーマを意識したわけではありません。でもそのように読んでくださる方がおられるというのは、とくにそれが西部さんであるということは、うれしいかぎりですね。

歴史が語るのは、「黒船襲来」よりはるか以前から、日本と日本人は常ならずモンゴル（ロシアと元・明・清の前身）の海と陸からの襲来に曝されてきました。

もちろん「襲来」は一種の交通です。「自衛」も境界線を衛るだけでなく、開くことにつながります。

西部　ただし国を閉じることができて、開く、これが「自衛」に違いない。

司馬　わたしは閉じるも開くも相互「交流」があってはじめて意味を帯びると考えます。これが西部さんと違う、概念で論を押すのではない小説家の流儀です。

自衛と侵略とのあいだに明確な線を引くことができるというのは、「寸土も渡さず」という形容言葉ではないでしょうか。

とくにロシアや中国の国境は、一種の境界線ではあっても、明示的で確定的なものではないというのがわたしの考えで、したがって「交流」の、むろん対立や抗争を含むなかからできあがる、点線の帯という緩衝地帯のイメージです。

西部さんのいわれる国境と生命線の区別は、むしろ特殊なもので、日本や西欧の歴史のなかで生まれたものではないでしょうか。

三宅　ロシアとシナの領土拡大熱は、モンゴルの遺伝子であるというのは面白い発見ですね。ただし、モンゴルの「襲来」があってはじめて、ユーラシアの西端と東端に、国境線と生命線という二つの概念が生まれ、この二つの線をめぐる闘い、「自衛」が国家主権の至上命令であるというナショナル意識が生まれたといえるわけでしょう。

3　朝鮮と清に欠けているもの、国権主義

司会　福沢先生は、朝鮮の独立と文明開化をめざしました。しかし、残念ながら、その願いは、韓帝国が成立（1897）したにもかかわらず、叶わなかったといっていいと思います。先生が晩年、そして自伝でも、朝鮮問題に沈黙した理由と思われます。

ではなぜ朝鮮の独立も文明開化も未然の夢に終わったのでしょう。まず司馬先生からお願いします。

司馬　朝鮮に王室・王権があり、その宗主国たる清帝室・皇権がありました。しかしともに自立した政府はなきに等しかったといえます。

清は独立国です。国権＝皇権が自立していました。ところが朝鮮の王権は、清の国権が許す範囲内の属州権にかぎられていました。その国王は、朝鮮人にとっては「王」だが、清皇帝の（代理人）が許容する範囲内の権力しか行使できません。自国軍さえ扶養できない、というかもとうとしない、その実力は半独立国以下といっていいでしょう。

したがって、清、日本、ロシア、ドイツ等々のあいだを浮遊術を駆使し、王権維持を図るほかなかったというべきでしょう。独立不能の因です。

三宅　この朝鮮半島の政情を日本側から観れば、朝鮮が属州であるからこそ、清にとっても日本にとっても、他国が日本海・東シナ海・黄海さらには満洲・沿海州から接近・侵入することを許さな

い盾＝緩衝地帯たりえたということです。

西部　いわずもがなのことをいえば、諭吉は朝鮮の独立ではなく、朝鮮の国権確立を唱えなければならなかった。といっても、朝鮮国の王権廃止を日本人が主張していいものでも、またできるものでもないが。

朝鮮やその宗主国清になかったものは、国権（主義）で、ロシアにはまがりなりにも政府と強力な軍と警察があった。ロシアがヨーロッパ制の国であったことによると思われる。

帝国憲法下、日本には皇権はあったが、それは国家統一と国民統合のシンボルで、まさに他に代替不能な民族意識（共同幻想の力）というべきものだ。

司馬　むしろ天皇親政すなわち天皇主権をめざす試みは、藤原氏が政権を掌握して以降、異例とよぶべきで、保元・平治の乱、承久の変、南北朝動乱等々で見るように、天下争乱の因となったというのが日本の歴史でしょう。

明治維新の「王政復古」は、皇権確立ではなく、「万世一系」という皇統（西部さんの言葉を借りれば「共同幻想」）の再確認であり、この皇権なき皇室伝統を日本国体の中核においたということで、かくして国権の確立が不動のものとなったというべきでしょう。

福沢さんが帝室を「政治社外のもの」としたことと同じで、朝鮮王権に対しても同じことを提示できなかったのはよほど悔しかったに違いありません。

西部　『帝室論』における諭吉の「政治社外のもの」という規定は、天皇の政治利用を排しながら、天皇を国家の精神的機関とみなそうとする一種の機関説といっていい。

諭吉が帝国憲法の諸規定を一読、ストンと胃の腑に落ちた理由だろう。まあそれでも天皇を政治的に利用しようとする隠然公然の策動はやむことがなかったが。

3　覇権国をどう制するか

司会　では最後に、日本を取り巻く主要国に対して、どのような姿勢で臨むべきか、お聞かせください。

1　日英同盟

三宅　イギリスは不平等条約撤廃に応じた最初の強国で、世界最大の覇権国です。最難事かもしれませんが、最重要なのが日英（軍事）同盟締結であることはまちがいありません。ただしイギリスは「栄光ある孤立」の国で、主敵はロシアとドイツです。
極東における日本の仮想敵国が、三国干渉したロシア・ドイツ・フランス、とりわけロシアで、対ロシア関係にしぼれば、日本とイギリスは同盟関係を結ぶ可能性は小さくありません。
西部　可能性からいうとそういえる。
だがいうまでもないが日本が世界最大パワーのイギリスに呑み込まれるがごとき「同盟」は避け

るべきだ。国家同盟というからには、軍事同盟が主軸で、世界大に広がるイギリスの戦場に、要請いかんにかかわらず、即刻日本軍を派遣する国家意志と国力を備える要がある。

イギリスは世界中に非独立＝植民地を展開し、それだけ多くの火種を抱えている。その火粉をかぶる覚悟が日本と日本人にあるだろうか？　少なくとも国家指導者の共同意思としてあるのか？はなはだ疑わしい。福沢諭吉にも薄いと思える。


司馬　イギリスとの国家同盟はいまのところ（１９００年段階）むずかしいでしょう。

それに現在、ロシアがイギリスに対して直接砲を向けるような無謀をあえてすることはないと思えますね。

ただロシアとドイツの関係も、ヨーロッパでは微妙というか、対イギリスでは一致できても、対ポーランド問題での対立は解消不能といえます。ロシアが東方、満洲から朝鮮へと軍事侵出すれば、ドイツが西方、ポーランドへと戦線を延す契機になります。

かくして対満洲・朝鮮・北支へのロシア侵出に日本も黙って手を拱《こまね》いているわけにもいかないでしょう。そのロシアの軍事侵出は、準備完了といってよく、よほどのことがないかぎり必ずおこります。

西部　いずれにしろ、日本は、独力を余儀なくされても、ロシアのこれ以上の侵出を許すわけにはいかない。理由は単純明快。朝鮮半島という「生命線」がなくなり、丸裸状態になるからだ。
いずれにしろ独力でもロシアと戦ってはじめて、軍事同盟予定国イギリスの信認をうることができるわけだ。

戦いはすでにはじまっている。即刻、倍加の富国強兵策強化を加速させることが必要不可欠だ。

司馬　しかし敵はロシアですよ。大敵で、半鐘をじゃんじゃん鳴らすと、かえって官民ともに恐怖心を募らせる結果になります。

西部　でも恐怖心なき戦争に、勝利の女神が微笑むことなどありえない。

ひとまずロシアの極東侵出の数歩を止める、最低でもその侵行速度を緩めさせる。最低、この程度の策を立て、実行に移することができなければ、日本の独立は保てない。日本国と日本人の死滅がはじまる。

三宅　私は、一見、きわめて乱暴に聞こえる西部さんの意見に旗を揚げたい。

ロシアに国権がある。だが皇権主義だ。しかも国はあっても「民権」はほとんどなく、したがって「国民」はいないも同然だ。そこが衝き所でしょうね。

理由は、なぜ日本が清（派遣）軍を破ることができたかだ。同じことはロシア遠征派遣軍との戦いでも再現可能だ。誰のために戦うのかという共同戦意と補給路の問題で、日本に勝つ少なくとも負けないチャンスは生まれる。

むしろ立ちはだかるのは戦費調達の問題だろう。

おやっ、西部さんの口調と似てきたかな。

司馬　戦費調達はむしろ最難関と思えません。

幕末から明治十年まで、日本は莫大な外資調達に成功してきているといっていいでしょう。それは幕府の借金を含め、明治政府が外国から借りた金は返す、という当たり前のビジネス感覚《ライク》、国家信用を欠くことがなかったからです。

信用はこと外資調達において、基本中の基本です。むしろ国内からの調達に苦しむのではないでしょうか？

西部　そうでしょうか？　問題は政府の姿勢にある。三国干渉で、対ロ軍備増強に正面から反対する財界の雰囲気はないとみていい。国民各自はさらにそうだ。

いずれにしろ国庫に余裕はなく、借金のほかに軍事増強策はない。ところが露に負ければ、内外を問わず、誰彼にかかわりなく日本から貸金を取り戻すことはできない。

だがそこがむしろ肝心要で、何が何でも借金をする。これを返すため・返してもらうために軍備増強さらには軍事同盟あるいは援助の機運を生む源泉となりうる。

司馬　西部さんの論はやはり「乱暴」というべきものですね。

あくまでもわたしの観測ですが、対ロ戦の勝敗いかんにかかわらず、戦後、はじめて日ロに対等な友好関係が生まれると思います。

ロシアの政情は考えられているよりも不安定で、いまはまだ健在に見える皇権独裁がこれ以上長く続く保証はむしろ少ないのではないでしょうか。極東計略に全力を投入する余裕はないと見ています。

ロシアの極東侵出は、これ以上の突出はありえないということで、清を頼ることは出来ない相談ですから、むろん日本が全力で阻止した場合のことです。

西部 ロシアとの友好関係は、対立関係のもとで可能だ、という司馬先生の見立てに賛成できますね。

緊張なき同盟関係はもたれ合いではあっても、相互扶助の同盟たりえない。

司会 アメリカは日本に友好的な態度を取りつつ、三国干渉では「中立」を貫きましたね。ですが開国以来の友好国で、同盟関係を築く最有力な相手ではないでしょうか?

三宅 たしかに米は日本の最友好国でしょうが、だからこそむしろ同盟関係は難しさをはらんでいるといえます。

露は陸で清と、米は海で清や日本と国境を接しています。しかし、三国ともに清とは港湾が出入り口で、広く制海権《シーレーン》抜きに対清経営は不可能です。

本来、太平洋を挟んで向き合っているのは日米で、アメリカのハワイは日本の小笠原の位置にあります。米が、日本の動向にもっとも敏感にならざるをえない理由です。

西部 アメリカはまだとうぶんイギリスの「大樹」の陰に身を置く算段だろう。

だがアメリカは大西洋を挟んで西欧と、太平洋を挟んで日本と清とロに対面している事実、これは看過できない。

ロシアはたしかに無比のランドパワーだが、無敵艦隊と豪語するシーパワーは、制海権が極端に限定されている。

対してアメリカは無双のランドパワーの持ち主であり、シーパワーではすでに太平洋の東半分の制海権を握っているといえる。もっと有利なのは他の列強と違って、植民地を抱える困難を免れていることだ。

日米関係は、すでに友好と対立の時代に突入したと見ていい。

司会　西部さんのいわれるように、アメリカは大国です。対して日本は小国です。そんな日本をアメリカが「主要敵国」とみなすでしょうか？

三宅　日本はそもそも「小国」でしょうか？　たしかに広さでは米露や清に比すべくもない。だが「国力」という点でどうでしょう。シナは、たしかに大国ですが、歴史上でいえば、かの三国史時代、人口が十分の一に減じたといわれるほど、浮沈が激しい。清は露と踵を接するほど広大です。だが現在ただいまその広大さが弱点でもあります。その戦力は見ての通りです。統一性と凝集力に欠けるのです。

日本は、人口でも経済力でも、それに文化・知力でも、西欧本国から決定的に劣るとは思えません。特に重要なのは政治力で、維新以降の進化と集中、とりわけ人材養成力は、他に類がないと思えます。西郷や江藤新平を失墜させたのは大久保でしたが、伊藤・山県を育て、政治（政府）に統一と集中力を与えました。

これは自慢したいからではありません。私たちがいう「国粋保存」のゆえなので、事実、日本の歴史に、停滞期はあったが、衰退期、人口減の時代はなかったということができます。

2 「自衛」のための戦い

司馬 三宅先生が指摘された点は特に重要です。

歴史上、最大の政治失策は、秀吉の明討伐でしょう。ただし、これを国家プロジェクトと見なせば、秀吉は「天下統一」によって生まれた三十万とも百万ともいわれる失業軍人を、まことに言葉は悪いが、国家的に「救済・整理」しようとしたともいいうるのです。

実際、明はこの戦役で疲弊と内部分裂を進め、結局、没落します。これによって江戸期、日本がシナ大陸の脅威にさらされることなく平穏無事で過ごしえたともいえるのです。

西部 よく破壊と建設といわれるが、何を破却し、何を保存するのか、この判断を誤らないことだ。誤らないためには、漸近主義でゆくしかない。これが諭吉の教えで、足して二で割る平均法ではない。平均台で妙技を演じる平衡感覚が必要だということだ。

ちなみにいえば、そんな平衡感覚の持ち主といえば、政治で伊藤博文(「帝国憲法」)、経済で渋沢栄一(「論語と算盤」)、思想で「国粋保存」の諭吉や三宅先生だ。

司会 それよりも、福沢先生が心中ひそかに心配していたのが、むしろ日本帝国の膨張です。日本が覇権国の一員、有力メンバーになることで、海外侵出に歯止めがかからなくなることでした。

西部さん、お願いします。

西部　答えは簡単明瞭だ。国家がある。戦争は不可避だ。占領や軍事侵出はなくならない。止めようもない。だが敵軍を「寸土」も日本領土に侵入させない、これが賢明な最低限度の原則だ。

国境の変更は、家と家、村と村の変更とは異なる。後者にだってその変更で禍根は残る。国境の、戦争次第の変更が生んだ禍根は断つことができない。こう思うべきだ。

戦争で許されるのはすべて「自衛」であるという点だ。そのための自衛力の扶養だ。

とくに日本と日本人の経験では、軍事侵出で他国領を日本に参入したのは、台湾領有にかぎってのことだ。それもごくごく最近のことで、その帰趨も定まっているわけではない。

台湾領有が新奇で異様な日本国と日本人を生む契機になることをいたく恐れる理由だ。

三宅　そうそう、日本の国領意識は、開闢以来、かわっていない。ただし北海道と沖縄と小笠原は、「内地」とは違うが、外国ではないという意識があります。北海道民は納税と兵役の義務が免除されてきました。
だが多少の違いがあっても、どの国にも、「内地」と「外地」（外国ではない）は存在する。極端にいえば、東京や京都にも陸続きの「外地」がある。

司馬　たしかにいわゆる植民地は、日清戦争後の台湾領有がはじめてといっていいでしょう。ただし台湾は、朝鮮や満洲とは歴史が違います。独特の歴史や文化伝統がある朝鮮や満洲の日本領化は、厳に避けるべきです。
対して台湾はシナ人が住む島ではありません。日本の植民地経営次第で、欧米の植民地支配とも異なり、シナとは根本的に異なる島政と島民意識の形成は可能かもしれません。まあかなりの楽観論ですが。

だが朝鮮の併呑は厳に避けるべきです。

西部 人類史において戦争は避けられない。だから「自衛」力が不可避なのだ。その帰趨によって、領土化、植民地化、自治化等、支配と隷属の程度にかかわらず、イギリス化、アメリカ化、ロシア化、シナ化、……等は不可避だ。

ただし日本は、他国に侵出することがあっても、領土化を図る愚は可能なかぎり避ける、というのが賢明な態度だ。これこそが諭吉から受け継ぐべき文明論、国とその民の共同意識のひとつだ。なぜか、第一に日本は植民地をもった経験が少ない。というか、ないも同然だ。そんな国にチャイナ帝国やローマ帝国が他民族に強いた隷属や苛斂誅求《かれんちゅうきゅう》な支配がはたして可能だろうか。

第二に世界で覇権を握った古代文明国は、領土の拡大を当然のように図ったが、その固有文明を衰退あるいは衰滅させた。ほとんど自滅に等しいといっていい。エジプト、インド、シリア、ギリシア、ローマ、シナ等、枚挙に暇がない。

3 文明と文化、そのほか

司会 いま西部さんから「文明開化」にかんする重要な論点提起がありました。

最後に、福沢先生の「文明開化」論について忌憚のない意見をお聞かせください。

三宅　福翁は『文明論之概略』を書き残し、自身も文明開化論者であることを旗幟鮮明にしています。しかし「便利」や「効率」を旨とする「文化」と、その国に根づいてきた「文明」を一緒くたにする傾向があります。

日本語は漢語の影響を強く受けて成立しましたが、漢語（本流）の「支脈」ではありません。先ずもって源流を異にします。それに川の支流とは、他の川と「交わる・混ざれあう」ことがあっても、それ自身、上流・中流・下流をもつ独立体であって、まさに日本人とシナ人が異なること、日本語とシナ語が異なるのと同様です。

つまり文化は輸出することは可能だが、文明は輸出不能なのです、はやくも熊沢蕃山（1619～91）が喝破したように、文字・器物・道理の学は借りることが出来るが、日本の「水土」にこそだった皇統や神道はシナの借り物ではないのです。

したがって森有礼（1847～89）が提唱した「英語の国語化」などは、世界に開かれた文明を標榜しながら、日本文明ひいては日本人を骨抜きにする暴論の類に他なりません。

西部　文明と文化の区別、三宅先生の言葉に尽きている。

ただ一言いえば、便利や効率、文字や器物を借りることをもって「実学」と見なし、それを学び＝模倣し、活用することをもって「文明開化」とすることは、福沢の本意ではなかっただろうが、それが文明化論と受け取られたこと、疑いえない。これもまた福沢の禍根となるべきものだろう。

司馬　翁が、漱石や子規（正岡）と異なるのは、世代の違いもあるが、ことばの広い意味での文学、源氏や古今集、膝栗毛や八犬伝といったいわゆる「軟文学」への趣好を欠いていることでしょう。文明論にも文化論にも、その欠落が影を落としていると思える。

わたしは「技術《アート》」の文化的側面とともに、その文明的側面に注目しています。たしかに蒸気機関車は文化技術として輸入されました。それを積極移植しようとしたのが、伊藤であり、大隈であり、そして福翁です。ところがあっというまに日本全国に広がります。「文明開化」の文字通りの牽引車であり「音」だったからです。

結果、鉄道は全国を、諸国人を結びつけ統合する技術となり、政治・経済・文化の技術、独特の日本文明の機関《エンジン》になります。

西部　ある文化が文明化するということは、ナチュラルな流れで、特別のことではない。異文明に共通点を見いだすのは、およそ童子に可能なほどに簡単だ。

問題は、文化＝技術は貸し借り可能だが、それを受け入れる文明＝土壌がなければ根づくことはない、すぐに枯れるということで、これも至極当然なことだ。

問題なのは、日本（人）がおよそなんでもかでも、借り受ける習性つまりは文明をもっているという点にある。ま、一見して、おそろしいほどの器用人であり、諭吉がその代表選手の一人である。「天皇」だってシナの「皇帝」の写しからはじまったが、そのはじまりにおいてすでに日本独特の様式を示そうとしている。この速さ、器用さこそ、日本文化と文明の特徴であり、長所でもあり欠陥ともなりうる。

諭吉はその欠点と長所を兼ね備えた器用人の代表者で、これこそ諭吉理解の鍵だ。

三宅　その長所と欠点は、日本人ならだれでももっているということでしょう。いえ、人間ならだれにも、程度の差こそあれ、備わっているものです。

そうそう、漱石は英文学、それも最先端の研究者でした。しかし晩年、といっても五十で亡くなったのですが、漢詩の世界に遊ぶことで、ようやく精神の平衡感覚を保ったそうです。

漱石の親友、子規は「俳句」革新運動に乗り出し、続いて「歌よみに与ふる書」（1898）で「貫之は下手な歌よみにて古今集はくだらぬ集」であると切って捨て、結果、日本文学の本流（文明）、和歌にとどめを刺した「新奇好き」です。

わたしも、漢詩は好んで読みますが、和歌には向かいません。日本人は多少とも、漱石と子規を、したがって諭吉翁を併せもつ文明の流れの末端にいるといっていいのではないでしょうか。

司馬　子規はジャーナリスト、刺激的な言葉をつかう人でした。和歌を否定し「短歌」を提唱、俳諧を否定し俳句を提唱しましたが、つまるところ文学の本意は「写生」にこそあるというもので、「和歌」を、伝統文学を否定したのです。

子規の実作が、「絵はがき」のような、成熟味に欠けたものになった理由です。でもまあ、わたしも子規の末裔ですから、子規をまるごと否定することは出来ません。

西部　漢詩も和歌もいったん伝統を失ってしまえば、「文字」としては残るが、その再興は不可能事といっていい。この点、寺院の「再興」と同じだ。

ところが「皇室伝統」は奇跡的に残った。その伝統がどれほどニューファッションに包まれていても、日本文明として、日本国と日本人の一体性として残った。帝国憲法のなせる技《アート》だ。

司馬 問題なのはこの一体性にこそある、といえます。

初めての文明をかけた戦争、日清の戦いでは、あっというまに日本と日本人の国論統一が実現します。戦いですから軍事力で競い、軍とその指揮官が一体性を最先端で担うことになります。

しかしいうまでもなく、天皇が軍の「統帥権」をもちますが、憲法は天皇の権能を極力抑える仕組みになっており、実際は内閣（と枢密院）に軍の統帥権、最後の指揮権があるということです。

ところが「統帥権」が一人歩きする可能性なきにしもあらずで、「軍を統帥する権」が「軍が補弼する統帥権」に転じる可能性があります。たんなる可能性ではなく、世界中で、その実例に満ちており、日本も例外ではありえません。天皇「利用」のケースですね。まさに官軍の「錦の御旗」に現れています。

三宅 まあそんなことは福翁や私どもの視野の外に属した課題だと断言できます。

この時代、福翁晩年の時期まで、軍備拡張と充実こそが官民挙げての課題で、縮小あるいは弱体を要するなどは論外、国を危うくする論とみなされましたね。

司馬 問題は軍の「独走」ですね。一旦緩急あるところ、軍は独自な運動をします。これを機械的運動といっていい。しかし軍が「天皇」の名を恣《ほしいまま》にするなどということは、薩長閥政治、伊藤・山県、黒田・西郷（従道）が主導権を握っているあいだには、不可能事といっていい。

わたしは「統帥権」問題は、憲法条規上、これ以上でも以下でもないと思います。

西部　ただし「天皇機関」説こそが問題だ。その焦点は「機関」というネーミングだ。天皇に「大権」あり、皇統を「万世一系」と規定しながら、これを解説するに「天皇＝機関」をもってしたことだ。尊崇の対象に対する無神経きわまりない名称で、天皇＝「一」機関は、かつての「駒」を彷彿させるにたる「蔑称」といっていい。

ではなんとネーミングすべきか。無用のことだ。学者に任せていいことではない。

4　政党政治　諭吉の空白

司会　先生は、国会開設を主張しながら、民会（衆議院）の混乱をつとに指弾しました。しかしその解決策を提示していません。民選議会についてご討議願います。

三宅　残念ながら民選議会に対する不満は、憲法制定や議会運営の要の道筋、政治の要路を、福翁が分かっていなかった証拠といえます。議会は「おしゃべりの場」なのです。

これは福翁にかぎらない。ただひとり漸進主義を取った伊藤博文が試行錯誤のすえたどり着いた事実です。少し長くなりますが、こういうことです。

伊藤は欽定憲法を起草し、枢密院・貴族院議長を兼ね、数次にわたって藩閥・超然内閣を率いました。この間、民会はおしゃべりと取引の場でしたが、そこに手を入れる暇はなかった。

その伊藤が、明治三十三年（１９００）、勇躍、唯一の民選（＝民主政治）機関である衆議院で多数を率いる政党内閣をめざす、立憲政友会を結成します。

直接の契機は、藩閥＝超然政府政治に反対する民党、自由党（党首板垣退助）と進歩党（党首大隈）が、地租増税反対を掲げて合同し、憲政党を結成、議会で絶対多数を占め、予算案をはじめことごとく政府の施策に反対したことです。「おしゃべりの場」と見なすことですまされなくなった。

伊藤は、辞職し解散で臨んだが野党優勢は変わらず、また山県をはじめとする藩閥勢力が組閣を拒んだため、三十一年、伊藤は内閣を民党＝憲政党にわたすことを上奏し、初めての「政党内閣」が生まれます。

だが隈板《わいはん》内閣は超然勢力の壁を前にしてなすところなく、また猟官争闘によって内部分裂し、政治混乱をもたらしただけで崩壊します。ここに藩閥政治の頭目伊藤が、もう一人の頭目山県の猛反対（「政党内閣は我ガ国体に反し、欽定憲法の精神に悖《もと》り、民主政治に堕する」）にもかかわらず、政党結成に踏み切り、民会に直接腕《アーム》を入れます。

これは「純粋」藩閥政治に対する「反逆」だが、欽定憲法への「反逆」ではありません。

維新から三十年、国会開設から十年、民選議会をひいては民意を抑圧ないしは無視したまま政治の安定を図ることは、隈板内閣瓦解のあと組閣した山県がたちまち立往生、内閣を投げ出さざるをえなかったことで、もはや明らかでした。

伊藤は、「民意」を背景に政権の安定を保ち、政治全体を円滑に運営することを目して、憲政党の議員（星亨、松田正久等）を基盤に伊藤派（西園寺公望等）を結集して立憲政友会を結成、「民間」の原敬を幹事長に据えます。

ただし山県内閣の後を引き継いだ第四次伊藤内閣＝政党内閣は、新たに、貴族院と枢密院との対立を深め、超然内閣と拮抗し、政権交代を繰り返さなければなりません。

本格的な政党内閣は、桂太郎（藩閥）と西園寺（政友会）の提携・妥協内閣ののち、一九一八年、第三代政友会総裁原敬が組閣するまで待たなければなりません。このときから遡ること十年、伊藤はハルビンの駅頭で凶弾に倒れました。

国会を先ず開設し、そこを憲法起草の場とすべしとする福翁とまったく異なるコースを、伊藤は歩みます。

司会　ありがとうございます。
ただ福沢先生も、晩年、伊藤公の政治コースを認めていました。それに気づかなかった不明を恥じていました。ただし、終始、先生は政治家たろうとはしませんでしたが。

西部　政治家であろうとなかろうと、誰であれ政治の「理」や実現「コース」について不明でいいわけではない。ましてや文明開化の政治を目した福沢諭吉である。

諭吉には「民主政治」を「話し合えばわかる」というイメージで摑むままで、本来的に「空騒ぎの機関」でもあるという実態を、許しがたいこととみなした。

話し合いが空騒ぎに終わらないためには、なにが必要か、ということに思いを致すことが出来なかった。政党と多数派工作の必要だ。この点が、諭吉と星亨との違いだ。

司馬　また漸進主義がそれ自体で素晴らしいわけはありませんね。

伊藤は、漸進主義を標榜しますが、本質的に革命家です。絶対ピンチのとき、そのピンチを切り抜ける損な役回りを、自ら買うようにして、担っていますね。

長州征伐の幕軍に、一人叛旗を翻した高杉晋作の後を最初に追います。

維新後は長閥にではなく長閥がもっとも警戒した大久保に従い、木戸の恨みを買います。

大久保亡きあとは、黒田に恩を売って大隈を閣外に葬り去り、岩倉亡きあとは孤軍奮闘よろしく、憲法発布と国会開設にこぎつけます。

どの一つをとっても、自分の立場を危うくしながら目前の課題突破を図るというもので、政治家に必要な、危機において試され、成功するという「幸運」です。二つとも伊藤公は持ち合わせていましたね。

反して、福翁は、十四年政変でも、国会開設でも、目がないだけでなく、運がなかった。第一、危機に自ら身を乗り出すことをしていない。ただし七転び八起きの人ではありますね。正確には八転び七起きかな。

司会　そうですね、先生の一生は、まず転んで起ちあがるというものですが、「転ぶ」ほうが多かったように思われます。

以上、長時間、忌憚なきご意見、ありがとうございました。あらためてまとめる必要はないと思います。

　三先生の貴重なご意見をそのまま活字にする所存です。変わらぬご活躍を注視させて頂きます。

ご苦労さまでした。

あとがき

1　諭吉は諭吉の「著書」のなかにいる？

わたしの「人生時刻表」によれば、『日本人の哲学』（全5巻・全10部）を書く、が「最終」便であった。幸い、とにもかくにも仕上げることができた。心身ともにヘロヘロであった。

「山」から下りて、「愛郷」に戻った。ところが、車をその他いくつかを捨て、半年もたったころ、「余命」を与えられたと感じることができるようになっていたのだ。もう少しならできるのではという思いが湧いていた。

「評伝・福沢諭吉」論は「長い」（？）あいだ暖めてきたテーマだ。「著者」は「著書」のなかにいる、それがわたしの変わらぬ書く作法《マナー》である。ところが諭吉の「魅力」は、なかなかに複雑で、諭吉「主義者」や「批判者」が提示するものとはうまく重なってこないのだ。

わたしの作法はやはり「書かれたもの」のなかにいる諭吉だ。それを「発見」したい。

2　フィクションで書いた理由

「歴史」とは「書かれたもの」の意で、「創作《フィクション》」である。東の司馬遷『史記』も西のヘロドトス『ヒストリアエ』も、そして日本の『日本書紀』も、文字通り、「書かれたもの」である。エッ、「史実」に基づいた「歴史」を無視するの、というなかれ。「史実」といわれるものも、「書かれて」はじめて「歴史」になる。つまりは「創作」であるほかないのだ。

諭吉の「評伝」は、フィクション（小説＝創作）で書くほかない、そう断を下し書きはじめたのは、もうかなり前になる。はじめて「取材」めいたことを試みた。諭吉が歩いた「跡」のほんの一部を、たどってみた。芝を中心にしてだ。足を伸ばして（だが鉄道とバスで）熊谷、太田までたどった。

ただし少年時からわたしの旅はつねに地図たよりであった。文字通りフィクションである。六十を過ぎてから、外地にいくつか旅をしたが、書くと雲散霧消する「夢」に近かった。

3　福沢の思想上の位置

福沢諭吉である。もとよりわたしが書くのだ。「哲学者」諭吉をである。

したがってこの小説には、家族愛に満ちた諭吉は寸毫も登場しない。また諭吉はすぐれた起業家である。その「弟子」たちも、日本の財閥マネジャーとして活躍したが、本書には少数が例外的に登場するにすぎない。

わたしは近代日本の哲学者「三傑」を、福沢諭吉、三宅雪嶺、徳富蘇峰とする（『日本人の哲学1』）。この場合、「哲学」とは、「大学哲学《スコラ》」（純哲）ではなく、孔子とプラトンがいう「愛知＝知の総体」（雑知）のことだ。西田幾多郎ではなく三宅雪嶺の「知」である。

諭吉は『西洋紀聞』でデビューし、『学問のすゝめで』で押しも押されもせぬ国民作家になり、「腐儒」を弾劾し、「門閥制度は親の敵」と断じる。だが諭吉は「儒学」の徒であり、「尊皇」家だ。幕吏に列してさえいる。

諭吉の思想は、義塾の設立と経営のなかで鍛えられ、作家・教育者・ジャーナリストという大衆《ポピュラー》な場で活躍した。雪嶺、蘇峰に共通な、明治期哲学者の特徴でもある。

4　三宅・司馬・西部、すべてわたしのモノローグ＝ダイアローク

最終章（Ⅲ、17「富国と強兵」）で、三宅雪嶺、司馬遼太郎、西部邁の三氏に登場を願い、架空対談におよんだ。諭吉をよく知る三氏であり、わたしがよく知る三氏でもある。

三宅は「国粋保存」を主張した。司馬は、福沢の徒のように見えるが、「脱亜論」の「瑕瑾」を言い立てた。西部は諭吉を儒学の徒、「実学」＝「人間関係学」とみなす人として、欧化主義者・合理主義者とみなす俗論を徹底批判する。

この対談（正しくは鼎談）は、いうまでもなく、すべてわたしのモノローグ（独白）である。そして忌憚なくいえば、自分のなかに他者を飼い養うほかないのが、思想をこととするものの作法である。この作品が、時代小説の体をなすにいたった理由でもある。

肩の荷が下りた。まだ別な課題が残っているように感じるが、いまは考えまい。

最後に、読んで、すぐ、出版快諾をいただいた杉山尚次編集長に謝意を表したい。ありがとう。

二〇一九年七月二日　　鷲田小彌太

主要参照文献〔番号は巻数を示す〕

1　宮本又次『五代友厚伝』有斐閣　1981
3　中嶋岑夫『幕臣福沢諭吉』TBSブリタニカ　1991
（～5）　玉置紀夫『起業家福沢諭吉の生涯』有斐閣　2002
横浜開港資料館編『木村芥舟とその資料』横浜開港資料普及協会　1988
5　真山青果『福沢諭吉』（真山青果選集第一巻）大日本雄弁会講談社　1947　＊本書には「木村長門守」も含まれている。
真山青果『坂本龍馬』（真山青果選集第五巻）同右社　1947　＊中岡慎太郎の活写が素晴らしい。
11　木村勝美『日露外交の先駆者増田甲斎』潮出版社　1993
中村喜和『橘耕斎伝』一橋論叢63（4）　1970
12　三宅雪嶺『同時代史2』岩波書店　1950
13　木村毅『忘れられた明治史1』明治文献　1973
小栗又一『龍渓矢野文雄傳』春陽堂　1930
伊藤之雄『伊藤博文』講談社　2009
14　小山内薫『歴史劇　朝鮮戦争と独立党の乱』（1926〔kindle版　2017〕）
『朝鮮開化派選集　金玉均・朴泳孝・兪吉濬・徐載弼』平凡社東洋文庫　2014
月脚達彦『福沢諭吉の朝鮮』講談社選書　2015

平山洋『アジア独立論者 福沢諭吉』ミネルヴァ書房　２０１２
15　青柳緑『李王の刺客』潮出版　１９７１
姜健栄『開化派リーダーたちの日本亡命―金玉均・朴泳孝・徐載弼の足跡を辿る』朱鳥社　２００６
16　三宅雪嶺『同時代史３』岩波書店　１９５０
17　三宅雪嶺『人物論』千倉書房　１９３９
西部邁『福沢諭吉』文藝春秋　１９９９

伝記他
『慶應義塾七十五年史』慶應義塾　１９３２
『交詢社百年史』交詢社　１９８３
沢田謙『福沢諭吉』（世界偉人伝全集13）偕成社　１９６２
『明治人が観た福沢諭吉』（伊藤正雄編）慶應義塾出版会　２００９
富田政文『考証 福澤諭吉』（上下）岩波書店　１９９２
平山洋『福沢諭吉』ミネルヴァ書房　２００８

鷲田小彌太（わしだ・こやた）
1942年、白石村字厚別（現札幌市）生まれ。1966年大阪大学文学部（哲学）卒、73年同大学院博士課程（単位修得）中退。75年三重短大専任講師、同教授、83年札幌大学教授。2012年同大退職。
主要著作に、75年『ヘーゲル「法哲学」研究序論』（新泉社）、86年『昭和思想史60年』、89年『天皇論』、90年『吉本隆明論』（以上三一書房）、96年『現代思想』（潮出版）、07年『人生の哲学』（海竜社）、07年『昭和の思想家67人』（PHP新書〔『昭和思想史60年』の改訂・増補〕）、その他91年『大学教授になる方法』（青弓社〔PHP文庫〕）、92年『哲学がわかる事典』（実業日本出版社）、2012年～『日本人の哲学』（全5巻、言視舎）ほか、ベストセラー等多数。

装丁……山田英春
編集協力……田中はるか
DTP制作、カバーイラスト……REN

福沢諭吉の事件簿Ⅲ

発行日❖2019年7月31日　初版第1刷

著者
鷲田小彌太

発行者
杉山尚次

発行所
株式会社言視舎
東京都千代田区富士見2-2-2 〒102-0071
電話03-3234-5997　FAX 03-3234-5957
https://www.s-pn.jp/

印刷・製本
中央精版印刷㈱

ISBN 978-4-86565-152-2　C0093

福沢諭吉の事件簿 I

鷲田小彌太 著

事件簿 1　「スパイ」松木弘安の巻
事件簿 2　坂本竜馬と密会するの巻
事件簿 3　幕府による文明開化をめざすの巻
事件簿 4　「長州再征に関する建白書」の巻
事件簿 5　竜馬が暗殺されるの巻
事件簿 6　偽版探索の巻

978-4-86565-150-8
四六判並製 定価 1500 円＋税

福沢諭吉の事件簿 II

鷲田小彌太 著

事件簿 7　ロシアのスパイになりそこねたの巻
事件簿 8　榎本武揚助命嘆願の巻
事件簿 9　暗殺者たちの巻
事件簿 10　慶應義塾「存亡の危機」の巻
事件簿 11　ロシア問題の巻　榎本武揚と増田甲斎
事件簿 12　明治十四年政変の巻

978-4-86565-151-5
四六判並製 定価 1500 円＋税